知ってるつもりが知らなかった

你以為你懂，
但其實你不懂的
日語文法Q&A

日本人也回答不出來的問題，
你答得出幾個？

知ってるつもりが知らなかった日本語文法。

序

　　你在學習日文的過程中，是否總會遇到自己一知半解的文法問題呢？即便上網查詢，即便問了老師，你是否仍對自己所得到的答案不甚滿意，總覺得還是哪裡不足，無法解開自己心中的癥結點呢？如你有這樣的症狀，恭喜你，你是一位貨真價實的「文法控」（對於文法癡迷、偏執的人）！

　　在我數十年的教學生涯中，偶爾會遇到這樣想打破砂鍋問到底的學生。對於老師而言，這樣的學生十分棘手。他們除了會拖累上課的進度外，若給予他們過度簡單的回答，他們會覺得老師敷衍了事，若給予更高深的（帶有語言學概念）的回答，他老兄們又程度不足，聽不懂老師在講什麼…。但其實這樣的學生，才是真正逼著老師跟著一起成長的好學生。而且往往這樣的學生所提出來的問題點，是很多人共同有的疑問，只不過東方人「生性閉俗」，其他同學不好意思開口罷了。

　　這幾年，我雖然離開了台北的補教界，定居東京，但仍持續於東京開班授課、撰寫日文檢定教材。閒暇之餘，也會於部落格、粉絲頁或者日語學習社團裡，發表關於日文文法學習的文章。這些文章多是學生、網友所提出的問題。就這樣，幾年下來累積的文章量，也幾乎涵蓋了大部分的日語初級語法範疇。為了推廣日語學習、以及為了減輕同業老師們遇到「文法控」學生時的精神負擔，我和我們目白 JFL 教育研究會的作者群們，將這些過去寫過的文章集結成冊。去蕪存菁後，總共 70 個問題。相信本書裡應該有許多你想知道的問題、甚至是你自己學習時沒意識到的問題。

　　由於本書採「問題式」的編寫方式，因此有些說明簡單，有些說明較困難。你要單篇挑著看也可以，從頭開始細細品味最順暢。整體程度控制在初級以及中級前期，也就是擁有 N4 程度的讀者就可以看得懂本書的基礎篇，擁有 N3 程度就可以看得懂進階篇。同學們可利用閒暇時間，輕鬆讀個兩、三篇，相信本書一定能讓你學習到「你以為你懂，但其實你不懂」的日語文法，讓你通體舒暢，不再腦袋脹脹！

　　最後，若您想從頭打好日文基礎，考過日檢，請一定要參考本社所出版的『穩紮穩打！新日本語能力試驗』的各級文法喔。祝各位學習順利！

TiN 老師

基礎篇 Basic

進階篇 Advanced

基礎篇

Q01 為什麼可以講「学校<ruby>を<rt>がっこう</rt></ruby><ruby>出る<rt>で</rt></ruby>」，但卻不能講「<ruby>窓<rt>まど</rt></ruby>を<ruby>出る<rt>で</rt></ruby>」呢？

- 「～を」與「～から」的異同

- 表離開的「～を」之文法限制

　　「～を」可用來表達離開的起點，因此也常常被拿來與另一個表達出發起點的「～から」做比較。一般來說，「～を」強調離開某處（無論實際上或抽象上），而「～から」則偏向某處為出發的起點（實際空間上）。因此，如果要表達畢業這種並不是實際物理空間上的離開，就只能使用「～を」。

- <ruby>大学<rt>だいがく</rt></ruby>（○を／×から）　<ruby>出<rt>で</rt></ruby>て、すぐに　<ruby>結婚<rt>けっこん</rt></ruby>しました。
（大學畢業後，就立刻結婚了。）

　　此外，若移動主體為無生物／無情物，就只能使用「～から」。

- あっ、あの　<ruby>家<rt>いえ</rt></ruby>の　<ruby>窓<rt>まど</rt></ruby>（×を／○から）　<ruby>煙<rt>けむり</rt></ruby>が　<ruby>出<rt>で</rt></ruby>てる！
<ruby>火事<rt>かじ</rt></ruby>かな。
（啊，那間房子的窗戶冒煙了！是不是發生火災。）

- その　<ruby>船<rt>ふね</rt></ruby>は　<ruby>昨日<rt>きのう</rt></ruby>　<ruby>横浜港<rt>よこはまこう</rt></ruby>（○を／○から）　<ruby>出発<rt>しゅっぱつ</rt></ruby>した。
（那艘船，昨天離開了橫濱港。）

疑？上例「船」明明就是無生物啊，那為什麼還可以使用「～を」呢？這是因為「船」這種交通工具往往都是由人在操控，而且實際上船的離開也是因為人為的意志操控，因此它不像「煙」那樣不受人為意志操控。因此可將「船」視為有情物意志性地離開。

好了，扯遠了。標題的問題並不是「～を」與「～から」的異同，而是要問「～を」的用法。

「学校を出ます」這一句話，除了可以表達「下課後離開學校」以外，也可以用於「畢業」的語境。至於是哪一種意思，還是要從前後文來判斷。

・4時半ごろ　学校を　出て、家へ　帰ります。
（四點半左右離開學校，回家。）

・大学を　出て、すぐに　結婚しました。
（大學畢業後，就立刻結婚了。）

但如果離開的起點，是「動作主體不曾存在」的地方，那就不可以使用「～を」。換句話說，「学校を出ます」，這個「離開的主體」一定是之前曾經存在於學校這個空間裡面，所以才可以使用「～を」來表達學校是離開的場所。而「窓（窗戶）」僅是薄薄的一片玻璃而已，你不可能之前是存在於「窗戶裡面」這個空間，因此窗戶，就僅僅是經過的地方而已，當然就不能使用「～を」。

當然，如果你想要表達「因為地震，所以從窗戶逃出」，那就使用「～から」即可。

・地震で　ドアが　壊れて　しまったので、
　彼は　窓（×を／○から）　外に　出た。
（因為地震而導致門壞掉了，所以他從窗戶爬了出來。）

　　順帶一提，如果前接的場所名詞，與「〜の中」併用時，就只能使用「から」，而不能使用「〜を」。

・彼は　ご飯の　時だけ、部屋の中（×を／○から）　出てくる。
（他只有在吃飯的時候，才會從裡房間出來。）

・彼は　ご飯の　時だけ、部屋（○を／○から）　出てくる。
（他只有在吃飯的時候，才會從房間出來。）

※ 關於這個 Q&A，可於本社出版的『穩紮穩打！新日本語能力試驗 N4 文法』一書中的第 02 項文法的辨析當中學到。

Q02 為什麼可以講「駅に着きました」但卻不能講「駅へ着きました」？

- 「～に」與「～へ」的異同

- 「移動動詞」與「變化動詞」之「～に」與「～へ」

　　「～に」表移動的歸著點，「～へ」則表移動方向。因此，當後面的動詞為「行く」、「来る」、「帰る」…等「移動動詞」（含有移動語意的動詞）時，無論是使用「～に」還是使用「～へ」都可以。

・お正月に　実家（○に／○へ）　帰ります。
（過年時回娘家。）

　　兩者的不同點，在於「に」用於強調「移動的結果」；而「へ」則用於強調「移動的過程」。雖然說移動動詞的情況下兩者可以互換，但若動詞本身的語意不是「移動」，而是強調「結果」，如「着く」（到達）等詞彙，就不可以使用強調移動過程的「へ」。

・姉は　駅（○に／×へ）　着きました。
（姊姊到車站了。）

此外，若動詞本身的語意含有「接觸」到此物品的含意時，則也是只會使用「に」。

• ペンキが　洋服（○に／×へ）　ついて　しまった。
（油漆沾到衣服上了。）

• 壁（○に／×へ）　来年の　カレンダーを　貼りました。
（我把明年的月曆貼到了牆上。）

最後，像是「お風呂に入ります」、「電車に乗ります」這種已經習慣成自然的慣用表現，也不可替換為「～へ」。

順道補充一點。上述的「行く」、「来る」、「帰る」…等，稱作「移動動詞」，也就是動作主體從一個地點（起點）移動到另一個地點（終點）。但若動詞為「変わります」、「変えます」等「變化動詞」，也就是講述動作主體從一個狀態（起點）變成另一個狀態（終點），則一樣也是使用「～に」或「～へ」都可以。

• 信号が　赤から　青（○に／○へ）　変わった。
（紅綠燈從紅燈變綠燈。）

但使用的變化動詞若為「なる」或「する」這種抽象性高的詞彙，就只能使用「～に」，不能使用「～へ」。

• 信号が　赤から　青（○に／×へ）　なった。
（紅綠燈從紅燈變綠燈。）

最後，講個關於移動動詞的小常識。有些移動動詞，如「歩く、泳ぐ、走る…」等，它不像「行く、来る、帰る」這樣有明確的方向性，這些移動動詞使用助詞「へ」來表示方向時，<u>必須加上「～ていく」或「～てくる」等補助動詞併用</u>，來強調它的方向性喔。

・学校<ruby>がっこう<rt>がっこう</rt></ruby>へ　（×歩<ruby>ある<rt>ある</rt></ruby>きました／○歩<ruby>ある<rt>ある</rt></ruby>いて行<ruby>い<rt>い</rt></ruby>きました）。

　（走去學校。）

※ 關於這個 Q&A，可於本社出版的『穩紮穩打！新日本語能力試驗 N4 文法』一書中的第 02 項文法的辨析當中學到。

Q03 「机の上に本がある」與「本は机の上にある」有什麼不一樣？

- 「存在文」與「所在文」
- 「は」與「が」
- 「舊情報」與「新情報」

「場所に　物が　ある」稱作「存在文」；
「物は　場所に　ある」稱作「所在文」。

- 机の上に　本が　あります。　　　存在文
（桌上有書。）

- 本は　机の上に　あります。　　　所在文
（<那本>書在桌子上。）

　說穿了，其實「所在文」就是將「存在文」當中的存在主體「～が」，移往句首當作是談論主題的一種敘述方式。而當我們將存在主體「～が」提前當主題時，會將格助詞「が」，改為副助詞「は」。

　直接說結論！使用存在文「～に　～が　ある」時，為說話者「單純敘述當下所看到事物（新情報）」。而使用所在文「～は　～にある」時，則是「針對尋找特定人、事物（特定主題）時所給予的回答（舊情報）」。兩者使用的狀況會不一樣。

・あっ、机の上に　新しい本が　ある。読んでもいい？

（啊，桌上有一本新書。我可以讀嗎？）

・Ａ：私の本は　どこに　あるの？

（Ａ：我的書在哪裡呢？）

　Ｂ：あなたの本は　机の上に　あるよ。

（Ｂ：你的書在桌上喔。）

　「机の上に　本が　あります」，相當於英文的「There is a book on the desk.」；而「本は　机の上に　あります」則相當於英文的「The book is on the desk.」。兩者的差別在於「A book」（不特定・新情報）與「The book」（特定・舊情報）。

　順道補充一點。「所在文」亦可以使用「～は　～です（だ）。」這種簡短的描述方式（※ 註：文法上稱作鰻魚文「ウナギ文」。）來替代，但「存在文」不行。

・Ａ：私の本は　どこに　ありますか？

　　　私の本は　どこですか。／どこ（だ）？

（Ａ：我的書在哪裡呢？）

　Ｂ：あなたの本は　机の上に　ありますよ。

　　　あなたの本は　机の上ですよ。／机の上だよ。

（Ｂ：你的書在桌上喔。）

此外，若要表達「某個空間沒有某物」的否定句時，則依情況會有不同的表達方式。若是進到旅館房間後，發現這間房間裡沒有電視，描述當下的發現，就會講：

・あっ、この部屋（に）　テレビが　ない！

　　但若是在飯店櫃檯和櫃檯小姐談論關於房型時，櫃檯小姐介紹完房間優點後，開始講缺點時，要描述其實這間房間沒電視，就會講：

・この部屋に　テレビは　ありません。

※ 關於這個 Q&A，可於本社出版的『穩紮穩打！新日本語能力試驗 N4 文法』一書中的第 03 項文法的辨析當中學到。

Q04 表場所的「に」與「で」，兩個助詞的層級不一樣喔！

- 「～に」與「～で」的異同
- 「必須補語」與「副次補語」
- 「1項、2項、3項動詞」

　　初級時，學生們常常問的問題之一，就是「に」與「で」有什麼不一樣。而大部分的老師在顧及學生程度時，總是給予回答，說：「で」用於表達「動作場所」，而「に」則是用於表達「存在場所」。這個說明並不是錯誤，但本篇將以更系統性、全面性的角度來探討這兩個助詞之間的差異。

- 教室で　ご飯を　食べます。　　　　　動態動作
  （在教室吃飯。）

- 教室に　学生が　います。　　　　　　靜態存在
  （教室裡有學生。）

　　「で」後方所使用的動詞為「動態動作」；「に」後方所使用的動詞則為「ある、いる」等「靜態存在」的動詞。換句話說，就是一個場所名詞，它究竟後接的助詞是「で」還是「に」，完全取決於句尾的動詞而定。

先稍微離題一下。上一個問題 Q03，我們學習到了動詞「あります」表「存在」時，會有「存在文」以及「所在文」兩種句型構造。但無論是「存在文」還是「所在文」，其場所都是使用「に」。但其實動詞「あります」，它除了可以表達「存在」以外，其實還有「所有」以及「舉行」的意思喔。

存在文（表存在）	場所に	物が	ある
所在文（表存在）	物は	場所に	ある
所有文（表所有）	人は	物が	ある
舉行	（場所で）	活動が	ある

「ある」用於表達「所有」的「所有文」，其句型結構為「人は物が　ある」。由於是在表達某人擁有某物品，因此所有文並不需要講出場所。因此表所有的「所有文」，與本問題要探討的表場所的助詞無關。

但「ある」若是用來表達「動態舉行」的語意時，則就有可能會使用到表動態動作的助詞「で」。

・お寺に　　仏像が　あります。
（寺廟裡存在著佛像）　　　　　　　　佛像「靜態存在」之意

・お寺で　　法事が　あります。
（在寺廟裡舉行法會）　　　　　　　　法會「動態舉行」之意

「～に」、「～が」、「～で」這些成分，在句法上稱作是「補語」。對於一個動詞而言，一定需要講出來，語意才會完善的補語，就稱作是「必須補語」，不一定需要講出來的，就稱作是「副次補語」。（※ 註：詳細說明請參考本社出版的弊社出版的『穩紮穩打！新日本語能力試驗 文法・讀解特別篇～長句構造解析 for N1、N2』）

「ある」這個動詞，當它表「存在」時，其前面的必須補語就會是「～に　～が」２個（机の上に　本が　ある）。它除了必須用「に」將存在場所點出來以外，還需要用「が」將存在主體也點出來。這種需要２個必須補語的動詞，就稱作２項動詞。而如果「ある」是表「發生或舉行」的語意時，它就會降格變成只有一個補語的１項動詞「～が」（交通事故が　あります）。這時，它只需要講出發生的事情「～が」就夠了，不需要有其他的補語成分，語意就會完善。當然，你也可以視需求再附加上<u>不一定得講出來的副次補語「で」</u>，將發生的場所給點出來（ここで　交通事故が　ありました）。

　　接下來，我們利用這個「必須補語」與「副次補語」的概念，來解釋一下本篇的問題：表場所的助詞「に」與「で」。

・TiN 先生は　東京に　住んでいます。
（TiN 老師住在東京。）

・TiN 先生は　東京で　暮らしています。
（TiN 老師在東京生活。）

　　本篇文章一起頭就說：「＜に＞表存在場所／靜態存在，＜で＞表動作場所／動態動作」。但光是這樣的說明，學生還是會造出「（×）東京に暮らしています」、「（×）東京で住んでいます」這種錯誤的句子。因為學生會說：「我很靜靜地在東京生活啊！」「我住在東京總是會動吧？又不是死人佇立在那邊」！

　　因此，我們如果可以利用上述必須補語與副次補語的觀念，就可以知道「住む」這個動詞的必須補語，就是「～が　～に」。要表達出「住む（居住）」這個動詞的完整語意，至少需要講出動作主

體「〜が」，以及居住的場所「〜に」，語意才會完善。因為如果你不講出「〜に」，光是指講出「私が住みます」，聽話者的頭上一定會冒出三個問號。

　　至於「暮らす（生活）」這個動詞的必需補語，則是只要「〜が」一個就足夠了。當你講「TiN 先生は（楽しく）暮らしています（TiN 老師快樂地生活著）」，不需要講出場所，頂多補個副詞「楽しく」，語意就會完善了。因此，我們就可以知道「暮らします」的必須補語，就是「〜が」一個而已。上面例句中，「〜で」的部分則是可有可無的副次補語。

・日本で、　TiN 先生は　東京に　住んでいます。
（在日本，TiN 老師住在東京。）

　　利用「必須補語」與「副次補語」的觀念來說明上述例句，我們就可以知道「日本で」為副次補語，表示整體的範圍；而「東京に」則是動詞「住む」的必須補語。如果只是按照文章開頭時的說明：「＜に＞表存在場所／靜態存在，＜で＞表動作場所／動態動作」的話，將無法說明上述例句中，「日本で」所代表的涵意。就會產生：明明就是「住む」，為什麼還有「場所＋で」？這樣的疑問。因此建議同學在學習動詞時，可以連同前方的必須補語一起記下來，以句型的方式來學習，這對於將來高階閱讀、長句分析會相當有用喔！

　　最後，我們再來舉一個常見的「〜に」與「〜で」的問題：

・庭に　木を　植えます。
（庭院種樹：把樹種在庭院。）

・庭で　木を　植えます。
（庭院種樹：在庭院做種樹這個動作。）

　　「庭院種樹」這個例句，經常被拿來說明「に」與「で」的差異。一般最常見的說明方式，就是「に」表「存在場所」，因此樹一定是種在庭院。而「で」表「動作場所」，因此有可能是「在庭院做種樹這個動作，但樹不見得種在庭院，而是種在盆栽裡（事後還可以將盆栽搬到庭院以外的地方之類的）」。

　　這樣的解釋完全正確，對於初學者而言清楚易懂！但若要依照本問所介紹的「必須補語」與「副次補語」的概念，則會這麼說明：

　　「植える」為３項動詞，其前方的**必須補語**為「～が（は）～に　～を」三個。

　①　私は　　　庭に　木を　植えました。
　　（我把樹種到庭院。）

　②　私は　植木鉢に　木を　植えました。
　　（我把樹種到盆栽。）

　　至於「～で」，則是可有可無的副次補語，補充說明做動作的場所罷了。因此，我們可以把上面的第②句，加上補充說明動作場所的「～で」，來表達「把樹種到盆栽」這個動作是在庭院施行的。

　②'　私は　庭で　植木鉢に　木を　植えました。
　　（我在庭院把樹種到盆栽。）

而上述被拿來比較的「庭で　木を　植えました」這句話，充其量就不過就是②'「私は　庭で　植木鉢に　木を　植えました」這句話，（在情境許可下）省略了動作主體「私は」以及動作歸著點「植木鉢に」這兩個必須補語部分罷了。

　　也就是說，探討表場所的「に」與「で」之異同時，一定要了解這兩個助詞的「層級」是不一樣的。並不是存在場所「に」與動作場所「で」兩者同一層級的助詞比較，而是必須補語「に」與副次補語「で」兩個不同層級的助詞。有時可並存，有時不可同在。

※ 關於這個 Q&A，可於本社出版的『穩紮穩打！新日本語能力試驗 N4 文法』一書中的第 04 項文法的辨析、以及『穩紮穩打！新日本語能力試驗 文法・讀解特別篇 ～長句構造解析 for N1、N2』一書當中學到。

Q05 什麼？「加奈子と一緒に結婚しました」不是「我和加奈子結婚」？

B男
加奈子
我
A女

- 「と」的「と一緒に」的異同

- 「共同動作」的對象與
「相互動作」的對象

- 相互動詞「〜合う」

　　當我們要表達「和某人做某事時」，會使用助詞「〜と」。亦可將「〜と」換成「〜と一緒に」，來強調其動作的共同性。

- 子供（○と／○と一緒に）　テレビを　見ます。
（我和小孩一起看電視。）

　　但可不是所有的情況都可以替換的。像是我們題目中結婚的語境，如果是要表達「我和加奈子結婚」就不可使用「〜と一緒に」。

- 加奈子（○と／×と一緒に）　結婚しました。
（我和加奈子結了婚。）

　　至於什麼情況可以替換，什麼情況不能替換，其實跟「〜と」的用法有很大的關係。「〜と」雖然中文翻譯成「和某人…（一起）做」，但其實這個某人，有可能是「共同動作」的對象，也有可能是「相互動作」的對象。講白話一點，所謂的共同動作，指的就是「兩個人一起做」。而相互動作，則是「兩個人對做」。

「テレビを見る」、「コーヒーを飲む」…等這一類的語境，兩人一起做也可以，你要自己一個人做也沒問題。換句話說，你也可以把「～と」的共同動作對象，替換成「一人で」，講成「一人でテレビを見る」、「一人でコーヒーを飲む」。用我們上個問題Q04所學習到的概念來解釋，就是共同動作對象的「～と」，屬於動詞的「副次補語」，你要不要講出來都無所謂。這樣的情況，就可以將「～と」替換成「～と一緒に」來強調兩人一起做。

　　但若是像「彼女と結婚する」、「友達と喧嘩した」…等這一類的動詞，你就一定要有可以對做的對象（相互動作對象），動作才會成立。你無法獨自一人完成「結婚」這個動作，吵架也一定要有對象才叫做吵架。也就是說，相互動作對象的「～と」，屬於動詞「結婚する」、「喧嘩する」的「必須補語」，不可缺少的。像是這種情況，就不能將「～と」替換成「～と一緒に」。

　　就有如上述，相互動作對象的「～と」無法替換成「～と一緒に」。若是硬要替換成「～と一緒に」，則就會被聽到這句話的日本人解釋為「共同動作對象」。因為日本人潛意識裡，在聽到「結婚する」、「喧嘩する」等相互動作的動詞時，腦袋裡會知道必須要有必須補語，也就是相互動作對象「～と」的存在，你沒講出來，他就認為你只是省略不講而已，因此會自動把「～と一緒に」解釋並降格為副次補語。

　　換句話說，題目中的「加奈子と一緒に結婚しました」這句話的意思，就不是「我和加奈子結為夫妻（相互動作的對象）」，而是「我和加奈子一起舉行了結婚典禮。我和 A 女結婚，加奈子和 B 男結婚，我們四人一起舉行結婚典禮（共同動作的對象）」。

・私は 兄と 戦った。
（我和哥哥互相打架。）

・私は 兄と一緒に 戦った。
（我和哥哥並肩作戰。）

同理。「戦う」一詞，也是需要有相互動作對象的必須補語，一定要有戰鬥的對象存在。因此，「兄と 戦った」代表「我和哥哥兩人互打」，若講成「兄と一緒に戦った」，則會解釋為「共同動作的對象」，意思是「我和哥哥並肩作戰」。

而因為「戦う」一詞為 2 項動詞，一定要有「～は ～と」兩個必須補語。因此如果你只是像上例這樣，只講出「兄と一緒に 戦った」而已的話，日本人一定會反問說「誰と」？會要求你補足相互動作對象這個必須補語的情報。

・私は 兄と一緒に 悪い奴らと 戦った。
必須補語 副次補語 必須補語

（我和哥哥一起並肩作戰和壞人戰鬥。）

因此，完整的講法為：「私は兄と一緒に悪い奴らと戦った」。「兄と一緒に」的部分，就只是副次補語而已。因此，如果你哥哥不甩你，讓你自己一個人面對壞人們，你當然也就可以將其替換為另一個副次補語「一人で」。但戰鬥的對象「悪い奴らと」由於是必須補語，因此它一定會存在。若沒明講出來，就只是語境下可以省略而已。

・私は　　　一人で　　　悪い奴らと　　戦った。

必須補語　　副次補語　　　　必須補語

（我獨自一人和壞人戰鬥。）

　　順帶補充一點。這些需要有相互動作對象的動詞，又稱作是「相互動詞」。例如：並ぶ、争う、戦う、競争する、戦争する、喧嘩する…等，都屬於相互動詞。就有如上述，這些動詞若改為「～と一緒に」時，則要注意它與使用「～と」時的語意是不同的。此外，像是「抱き合う」、「話し合う」等，在動詞後方加上「～合う」後的複合動詞，也都會變成相互動詞。

Q06

あの女性は（①大統領の娘さん②大統領の蔡さん）です。要選哪一個？

- 「～の」的各種「修飾關係」

- 「同位語」

這題問題，應該要選哪一個才是正確的呢？其實無論你是選擇①，還是選擇②，都是合文法的。在初級剛開始學日文時，同學們總是直接把助詞「の」，翻譯成「的…」背下來。自然而然，上面第①句時，你就會翻譯成「那位女性是總統的女兒」。很好，沒錯。但在第②句翻譯時，你就會翻譯成「那位女性是總統的蔡小姐」…聽的人頓時臉上會三條線。到底什麼是「總統的蔡小姐啦」？總統的愛人蔡小姐嗎？

其實，「の」有兩種用法。第一種用法是表「修飾關係」，以「A の B」的形式，來表達 A 與 B 兩名詞之間的各種關係，如：所有關係（私の本）、所屬關係（台積電の社員）、關於內容（科学の本）、生產者與生產物的關係（ゴッホの絵）、以及種類（桜の木）…等。至於上述的「大統領の娘さん」，則是用於表示 A、B 兩者之間的「人際關係」。而這些表「修飾關係」的用法，依照其兩者之間的不同關係，又會使用不同的中文翻譯。由於本書主旨不在討論翻譯，因此上述的各種修飾關係，應該如何翻譯成中文的問題，就交給各位讀者去動動腦吧！

而「の」除了可以用來表達上述的「修飾關係」以外，還可以用來表達「同位語」。所謂的同位語，意思就是「B 即為 A」。例如：「校長の山田です」，意思是「山田＝校長」，而不是「校長所包養的小狼狗山田」。「アメリカ人の先生」當然就是指「老師＝美國人」，而不是指「美國人的老師」。並不是說這個老師就像孔子一樣很厲害，是至聖先師，是所有美國人的老師。因此，第②句話當中的「大統領の蔡さん」，指的就是「蔡さん＝大統領」囉。

　　① 為「修飾關係」，指那位女性為總統的女兒。
　　② 為「同位語」，指那位女性即是總統。

　　以下為「同位語」的例句：

・この<ruby>学校<rt>がっこう</rt></ruby>に　<u>アメリカ<ruby>人<rt>じん</rt></ruby>の<ruby>先生<rt>せんせい</rt></u>が　３<ruby>人<rt>にん</rt></u>　います。
　（這學校裡有三位美國人老師。）<ruby>先生<rt>せんせい</rt></ruby>＝アメリカ<ruby>人<rt>じん</rt></ruby>

・<ruby>首都<rt>しゅと</rt></ruby>の<ruby>東京<rt>とうきょう</rt></ruby>で　コロナの<ruby>感染者<rt>かんせんしゃ</rt></ruby>が　<ruby>増<rt>ふ</rt></ruby>えています。
　（在首都東京，武漢肺炎的感染者增加了。）　<ruby>東京<rt>とうきょう</rt></ruby>＝<ruby>首都<rt>しゅと</rt></ruby>

※ 關於這個 Q&A，可於本社出版的『穩紮穩打！新日本語能力試驗 N4 文法』一書中的第 10 項文法的辨析當中學到。

Q07 「子供たちが遊んでいる」跟「子供たちは遊んでいる」有什麼不一樣？

- 表動作主體的「は」與「が」

- 疑問詞「～が」

　　要了解關於主體應該使用「が」還是使用「は」，首先要先釐清「述語的種類」以及「人稱」這兩個要素。句子結尾（述語）若為「名詞」、「形容詞」、或是「動詞的第一、二人稱」時，主體會使用「は」來表示。

- 私は　学生です。　　　　　　　　　　　　名詞、第一人稱
　（我是學生。）

- 山田さんは　会社員です。　　　　　　　　名詞、第三人稱
　（山田先生是公司員工。）

- 私は　ハンサムです。　　　　　　　　　　形容詞、第一人稱
　（我很英俊。）

- 京子さんは　美しい。　　　　　　　　　　形容詞、第三人稱
　（京子小姐很漂亮。）

・私<ruby>わたし<rt></rt></ruby>は　昨日<ruby>きのう<rt></rt></ruby>　映画館<ruby>えいがかん<rt></rt></ruby>へ　行<ruby>い<rt></rt></ruby>きました。　　　動詞、第一人稱

（我昨天去了電影院。）

句子結尾若為「動詞、第三人稱」時，則原則上使用「が」。

・子供<ruby>こども<rt></rt></ruby>たちが　遊<ruby>あそ<rt></rt></ruby>んでいます。　　　　動詞、第三人稱

（小孩們在玩耍。）

　　有「原則」，就有「原則以外」的狀況。若句子結尾是「動詞、第三人稱」，仍使用「は」時，那麼，就並非「僅是單純描述說話者所看到的現象」而已，而是在「有問句的前提下，以此前提為主題，進行詢問以及給予回答」的語境。

・<u>子供<ruby>こども<rt></rt></ruby>たちが</u>　公園<ruby>こうえん<rt></rt></ruby>で　遊<ruby>あそ<rt></rt></ruby>んでいます。

（單純描述看到小孩在公園玩耍）

・Ａ：<u>子供<ruby>こども<rt></rt></ruby>たちは</u>　どこですか。
　Ｂ：<u>子供<ruby>こども<rt></rt></ruby>たちは</u>　公園<ruby>こうえん<rt></rt></ruby>で　遊<ruby>あそ<rt></rt></ruby>んでいます。

（針對詢問小孩狀況，給予回答）

　　此外，若主體的部分為疑問詞時，則使用「が」，不會有使用「は」的狀況。其回答句亦是使用「が」回答。

・Ａ：<u>誰<ruby>だれ<rt></rt></ruby>が</u>　　　公園<ruby>こうえん<rt></rt></ruby>で　遊<ruby>あそ<rt></rt></ruby>んでいますか。
（Ａ：誰在公園玩耍呢？）
　Ｂ：<u>子供<ruby>こども<rt></rt></ruby>たちが</u>　公園<ruby>こうえん<rt></rt></ruby>で　遊<ruby>あそ<rt></rt></ruby>んでいます。
（Ｂ：小孩們在公園玩耍。）

關於「は」與「が」的問題，這裡僅稍微提出一個大方向，僅提出表主體的部分。本書進階篇將會使用高達五篇（Q61 ～ Q65）的篇幅，來為各位讀者詳細剖析「は」與「が」，到底有什麼不一樣喔！

※ 關於這個 Q&A，可於本社出版的『穩紮穩打！新日本語能力試驗 N4 文法』一書中的第 1 項文法以及第 11 項文法當中學到。

Q08 「とばかり」？還是「ばかりと」？ （ばかり擺哪裡）？

- ・「格助詞」與「副助詞」的併用

- ・副助詞「ばかり」與「だけ」 的位置

　　誠如各位所知，「が、を、に、で」這些助詞在文法上分類為「格助詞」；「は、も、ばかり」等助詞則是屬於「副助詞」。當格助詞與副助詞併用時，除了「が」與「を」兩個格助詞會刪除以外，其餘的「に、で」…等格助詞則是擺在副助詞的前方。（順序：格助詞＋副助詞）

- ・<ruby>鉛筆<rt>えんぴつ</rt></ruby>で　<ruby>作文<rt>さくぶん</rt></ruby>を　<ruby>書<rt>か</rt></ruby>きます。　　　（用鉛筆寫作文。）
- →<ruby>作文<rt>さくぶん</rt></ruby>をは　<ruby>鉛筆<rt>えんぴつ</rt></ruby>で　<ruby>書<rt>か</rt></ruby>きます。　　（作文用鉛筆寫。）

　　上例為將表目的語（受詞）格助詞「～を」的部分，提前至句首當主題，因此必須在後方加上表主題的副助詞「～は」。按照上述的文法規則，當格助詞「～を」與副助詞「～は」併用時，「～を」必須刪除。

- ・<ruby>昨日<rt>きのう</rt></ruby>、<ruby>鈴木<rt>すずき</rt></ruby>さんに　<ruby>会<rt>あ</rt></ruby>いました。<ruby>山田<rt>やまだ</rt></ruby>さんにも　<ruby>会<rt>あ</rt></ruby>いました。
（昨天見了鈴木先生。也見了山田先生。）

上例則是將表對象的格助詞「～に」，附加上表類比的副助詞「～も」，來表達不只見了鈴木，也見了山田。按照上述的文法規則，當格助詞「～に」與副助詞「～も」併用時，「～に」不須刪除，直接使用「～にも」的型態即可。

　　問題來了。那麼，若我們要表達「留學生總是和自己國家的人講話」時，應該是要講「同じ国の人とばかり　話している」呢？還是「同じ国の人ばかりと　話している」呢？

　　若按照上述格助詞與副助詞的排列規則，要使用「ばかり」來強調留學生「盡是」和自己國家的人講話時，答案就會是「同じ国の人とばかり」。當然，如果不是和「と」併用，而是和「が」或「を」併用時，自然就按照上述的規則，直接將「が」或「を」刪除即可。

・留学生（りゅうがくせい）は　いつも　同（おな）じ国（くに）の人（ひと）（と／とばかり）　話（はな）している。
（留學生總是和自己國家的人講話。）

・山田（やまだ）さんは　甘（あま）い物（もの）（を／をばかり）　食（た）べています。
（山田先生盡是吃一些甜食。）

　　不過「ばかり」這個副助詞的位置比較活，它除了可以擺在格助詞的後方以外，其實也可以擺在格助詞的前方喔。也就是說，上述留學生的例句，你要講成「同じ国の人ばかりと」也是可以的。（順序：副助詞＋格助詞）

・留学生（りゅうがくせい）は　いつも　同（おな）じ国（くに）の人（ひと）（と／ばかりと）　話（はな）している。
（留學生總是和自己國家的人講話。）

只不過，如果要像上述這樣將「ばかり」擺在格助詞的前方使用的話，那麼當它和「が」、「を」併用時，「が」或「を」就不可刪除，必須留著。

・山田<ruby>山田<rt>やまだ</rt></ruby>さんは　甘<ruby>甘<rt>あま</rt></ruby>い物<ruby>物<rt>もの</rt></ruby>（を／ばかりを）　食<ruby>食<rt>た</rt></ruby>べています。
（山田先生盡是吃一些甜食。）

換句話說，就是「甘い物ばかり　食べています」、或「甘い物ばかりを　食べています」都可以，但就是不可以是「（×）甘い物をばかり　食べています」。

順道一提。除了「ばかり」可以放在格助詞的前方以及後方外，副助詞「だけ」也是跟「ばかり」一樣，既可以擺在格助詞的前方，也可以擺在格助詞的後方。且當它和「が」、「を」併用時，一樣不會有「（×）がだけ」、「（×）をだけ」的講法。

・兄<ruby>兄<rt>あに</rt></ruby>（○にだけ／○だけに）　真実<ruby>真実<rt>しんじつ</rt></ruby>を　話<ruby>話<rt>はな</rt></ruby>した。
（我只有告訴哥哥實話。）

・山田<ruby>山田<rt>やまだ</rt></ruby>さん（○だけ／○だけが／×がだけ）　欠席<ruby>欠席<rt>けっせき</rt></ruby>した。
（只有三田先生缺席。）

※ 關於這個 Q&A，可於本社出版的『穩紮穩打！新日本語能力試驗 N4 文法』一書中的第 14 項文法當中學到。

Q09

為什麼可以講「昨日、新宿行ったよ」，
但卻不能講「資料、山田渡したよ」？

- 「は」、「が」、「を」、「に」、「へ」助詞省略的規則

　　在口語的對話中，經常可以聽到日本人省略掉助詞不講，因此許多搞不清助詞用法的外國留學生就誤以為口語對話中所有的助詞都可以省略。甚至有些外國人，還為了避免自己用錯助詞，講日語時還會刻意省略掉所有的助詞。但並不是所有的助詞都可以省略，助詞若隨意省略，反而會招致對方誤解、甚至對方根本聽不懂你到底是想要表達什麼。

　　雖說日語的口語表現中經常會省略助詞，但真正會被省略掉的助詞，大概就只有「は」、「が」、「を」、「に」、「へ」這五個助詞而已。而這五個助詞，也不是所有情況都一律可省略，若不了解為何可以省略，就容易會造出「資料、山田渡したよ」這種不知所云的句子。因為光看這個句子，根本不知道說話者要表達的是「資料給了三田」還是「資料是三田給的」。

　　助詞能否省略，其實與助詞本身的用法有很大的關聯。而每個助詞的用法，少則兩種以上、多則高達數十種，這其中，有些用法可省略，有些用法不可省略。

本問，就讓我們依序來看看每個助詞的個別用法，一起來思考看看，看在個別的用法下，助詞到底能不能省略。

一、「は」：

表「主題」時可省略，表「對比」時不易省略。

① 主題

- （○）私<ruby>私<rt>わたし</rt></ruby>は　学生<ruby>学生<rt>がくせい</rt></ruby>です。（我是學生。）
  （○）私<ruby>私<rt>わたし</rt></ruby>　学生<ruby>学生<rt>がくせい</rt></ruby>です。

② 對比

- A：山田<ruby>山田<rt>やまだ</rt></ruby>さんの　誕生日<ruby>誕生日<rt>たんじょうび</rt></ruby>パーティーに　行<ruby>行<rt>い</rt></ruby>く？

  （A：要去山田先生的生日派對嗎？）

  B：（○）僕<ruby>僕<rt>ぼく</rt></ruby>は　行<ruby>行<rt>い</rt></ruby>くけど、妻<ruby>妻<rt>つま</rt></ruby>は　行<ruby>行<rt>い</rt></ruby>かない。
  　　（△）僕<ruby>僕<rt>ぼく</rt></ruby>　　行<ruby>行<rt>い</rt></ruby>くけど、妻<ruby>妻<rt>つま</rt></ruby>　　行<ruby>行<rt>い</rt></ruby>かない。

  （B：我會去，但我太太不會去。）

助詞「は」主要有兩種用法：一為「主題」，一為「對比」（更詳細的說明請參考本書 Q64）。當「は」用來表示「主題」時，口語中「は」可以省略。但若用來表示「對比」，則不習慣省略。這是因為「主題」多半會移至前方放在句首，因此即便省略，聽話者仍可從其位置來判斷出此為句子的主題。而「對比」的用法，則由於必須明確點出拿來相對照的兩個部分，因此不習慣將其省略。（※

註：「△」為「不能算是錯誤，但不太會這樣使用」的意思。）

- 山田<ruby>山田<rt>やまだ</rt></ruby>さんは、このかばん、買<ruby>買<rt>か</rt></ruby>う？

  （山田先生，你要買這個包包嗎？）

此外，像是上述這句話，在現場對著山田先生問話時的語境時，「は」一定得省略。這是為了避免讓聽話者誤以為是對比的語境所致。

二、「が」：

表「主體」時，「中立敘述」可省略、「排他」則不易省略。
表「對象」時，原則上可省略。

③ 中立敘述

- （○）あっ、雨（あめ）が　降（ふ）り出した。（啊，下起雨來了。）
  （○）あっ、雨（あめ）　　降（ふ）り出した。

④ 排他

- Ａ：この水族館（すいぞくかん）の中（なか）で　何（なに）が　一番（いちばん）　可愛（かわい）い？
  （Ａ：這水族館裡面，什麼動物最可愛呢？）
  Ｂ：（○）イルカが　一番（いちばん）　可愛（かわい）い。
  　　（△）イルカ　　一番（いちばん）　可愛（かわい）い。
  （Ｂ：海豚最可愛。）

助詞「が」表「主體」時，主要有兩種用法：一為「中立敘述」，一為「排他」(更詳細的說明請參考本書 Q62)。若表示「中立敘述」時，口語中「が」可省略。若表示「排他」時，則不易省略。

順帶一提。「が」除了可表「主體」以外，還可以表心理狀態、能力、所有的「對象」。表對象時，原則上「が」亦可以省略。

⑤ **對象**

- （○）私、あんたが 大嫌い！
- （○）私、あんた 大嫌い！

  （我最討厭你了）　　　　　心理狀態的對象

- （○）君、日本語が 読める？
- （○）君、日本語 読める？

  （你讀得懂日文嗎？）　　　能力的對象

- （○）俺、お金が あるよ。
- （○）俺、お金 あるよ。

  （我有錢喔）　　　　　　　所有的對象

三、「を」：

表「目的語（受詞）」時可省略，表「移動場所」或「脫離場所」時，看情況可省略，其餘用法皆不可省略。

⑥ **目的語（受詞）**

- （○）ご飯を 食べる？（你要吃飯嗎？）
- （○）ご飯 食べる？

⑦ **移動場所**

- （○）公園を 散歩する。（在公園裡散步。）
- （？）公園 散歩する。

⑧ **脫離場所**

- （○）会社を 出る。（離開公司。）
- （？）会社 出る。

⑨ 使役的對象

- （○）先生は　生徒を　廊下に　立たせた。

　　　（老師叫學生在走廊罰站。）

　　（×）先生は　生徒　廊下に　立たせた。

　　助詞「を」的用法很多。表「目的語（受詞）」時，口語中可以省略。而表示「移動場所」或「脫離場所」時，雖可省略，但由於「移動場所」與「脫離場所」這兩種用法，都有其他的助詞可以替代，省略後將會無法精準地傳達說話者的意圖，但仍可被聽話者理解。

　　如第⑦句，若說話者省略助詞，聽話者就無法正確判斷說話者是要表達移動場所的「を」（公園を散歩する）或是動作場所的「で」（公園で散歩する）。

　　又如第⑧句，若說話者省略助詞，聽話者亦無法正確判斷說話者是要表達離脫場所的「を」（会社を出る／離開公司）或是出發場所的「から」（会社から出る／走出公司），還是要表達目的地的「に」（会社に出る／去公司）。

　　第⑨句表示使役的對象不可省略。若說話者省略助詞，聽話者亦無法正確判斷說話者是要表達強制使役的「を」（生徒を廊下に立たせる／叫學生站在走廊）或是允許使役的「に」（生徒に廊下を立たせる／讓學生站在走廊），抑或是學生不是使役的對象，而是發號施令者的「が」（生徒が廊下に立たせる／學生讓某人站在走廊）。

　　因此，像是上述⑦～⑨這樣有其他的助詞可以替代的情形，一般較不會把原本欲使用的助詞省略。

四、「に」：

表「方向」時可省略，其餘用法皆不可省略。

⑩ 方向

- （○）明日 みんなで 新宿に 行こう。
- （○）明日 みんなで 新宿 行こう。

（明天大家一起去新宿吧！）

⑪ 對象

- （○）資料は 山田さんに 渡したよ。

（資料已經交給山田了喔。）

- （×）資料は 山田さん 渡したよ。

助詞「に」表示「方向」時，在口語中可以省略。若表示「對象」等其它用法時，原則上不會省略。這是因為當「に」用來表示「方向」時，後方動詞都是移動動詞。移動動詞由於一定會有「前往的場所」這個必須補語，因此即使說話者不使用表示「方向」的助詞「に」，聽話者仍可從語意得知移動動詞前的場所名詞為「前往的場所」。

然而，當「に」用來表示「對象」時，若說話者將助詞省略，則聽話者就無法判斷話題裡的人物究竟是行使行為的「動作者」（山田さんが渡した／山田先生交出資料）還是接受行為的「對象」（山田さんに渡した／資料交給了山田先生）。

除此之外，助詞「に」還有其他很多用法，但其它各種用法皆不可省略。原因就跟「に」表對象時相同，都有使用其他助詞的可能性，又或是有其他助詞可以替代，若隨意省略，將會影響語意的表達。以下依序為表示「時間點」的「に」、表示「動作歸著場所」

的「に」、表示「變化的結果」的「に」與其他可能替代助詞之舉例。

⑫ 時間點

- （○）学校は　8時に　始まります。（學校八點開始。）
- （×）学校は　8時　　始まります。

「に」表示時間點時，若省略助詞，則有可能被誤會為時間的起始點（学校は8時から始まります／學校從八點開始）。

⑬ 動作歸著場所

- （○）春日さんは　東京に　家を　買いました。

  （春日先生房子買在東京。）
- （×）春日さんは　東京　　家を　買いました。

「に」表示動作歸著場所時，若省略助詞，則有可能被誤會為動作施行場所（春日さんは　東京で　家を　買いました／春日先生在東京買房子 <※ 註：房子可能不在東京，請參考 Q04>）。

⑭ 變化的結果

- （○）信号は　赤に　変わった。（紅綠燈變成紅色的了。）
- （×）信号は　赤　　変わった。

「に」表示變化的結果時，若省略助詞，則有可能被誤會為變化的起始（信号は赤から変わった／紅綠燈從紅色變成其他顏色）。

五、「へ」：

表「方向」時可省略，表「對象」時不可省略。

⑮ 方向

- （○）新宿へ　行く。（去新宿。）
  （○）新宿　　行く。

⑯ 對象

- （○）恋人へ　ラブレターを　出した。（寄情書給情人。）
  （×）恋人　　ラブレターを　出した。

　　助詞「へ」表示「方向」時，在口語中可以省略。若表示「對象」等其它用法時，原則上不會省略。其原因與「に」相同，請參考⑩與 ⑪ 的說明。

　　最後，回到我們本題的提問：為什麼可以講「昨日、新宿に行ったよ」卻不能講「資料、山田に渡したよ」？

　　相信各位讀者看到這裡，也應該已經知道答案了。因為「昨日、新宿行ったよ」中的動詞「行く」屬於移動動詞，「新宿」則是移動的方向。按照規則，「に」表方向時可以省略。但「資料、山田渡したよ」中的「山田」，是動詞「渡す」的對象。按照規則，「に」表對象時不可省略。因此前者可以省略助詞「に」，後者不能省略助詞「に」。

Q10

このスマホとそのスマホと（①どちら ②どれ）が使いやすいですか。

鈴木さん　木村さん

　　在比較句中，會有「兩事物」相比較的「比較級」，也會有「三事物」以上比較的「最高級」。而在比較「兩事物」時的疑問句，疑問詞就只能使用「どちら」，不可使用「どれ」。就算你比較的對象是人，也是只能使用「どちら」，不可使用「誰」。

・鈴木さんと木村さんと（○どちら／×誰）がかっこいいですか。
（鈴木與木村，誰比較帥？）

　　因此上題的答案，很明顯的，兩個智慧手機相比較，就只能選擇①「どちら」。

　　至於「どれ」以及「誰」，主要用於「三事物」或者是「三人」以上的比較時，選出「最高級」時使用。也因此，使用到「どれ」時，問句與答句多半會與副詞「一番」同時出現。

・A：あのメーカーのスマホの中<small>なか</small>で　どれが　一番<small>いちばん</small>　いいですか。

（A：那個製造商所出的智慧型手機中，哪一隻最好呢？）

　B：これが　一番<small>いちばん</small>　おすすめです。

（B：我最推薦這一支。）

・A：クラスの中<small>なか</small>で　誰<small>だれ</small>が　一番<small>いちばん</small>　かっこいいですか。

（A：班級當中，誰最帥呢？）

　B：鈴木<small>すずき</small>さんが　一番<small>いちばん</small>　かっこいいと思<small>おも</small>います。

（B：我覺得鈴木最帥。）

　　若你覺得這兩個或這三個都很爛，想要使用否定句時，那麼，則依問句的疑問詞，分別改為「どちらも／どれも／誰も＋否定」，即可用來表達全面否定。

・A：鈴木<small>すずき</small>さんと　木村<small>きむら</small>さんと　どちらが　かっこいいですか。

（A：鈴木與木村，誰比較帥？）

　B：どちらも　かっこよくないと思<small>おも</small>います。

（B：我覺得兩個都不帥。）

・A：あのメーカーのスマホの中<small>なか</small>で　どれが　一番<small>いちばん</small>　いいですか。

（A：那個製造商所出的智慧型手機中，哪一隻最好呢？）

　B：どれも　よくないです。

（B：每個都不好／全部都不好。）

※ 關於這個 Q&A，可於本社出版的『穗粒穗打！新日本語能力試驗 N4 文法』一書中的第 17 項文法的辨析當中學到。

Q11 比較句「Aは　Bより」與「Bより　Aのほうが」有什麼不一樣？

- 「談論的主題」與「比較基準」

- 兩者並列比較

　　如題，「鈴木さんは　木村さんより　かっこいいです」跟「木村さんより　鈴木さんのほうが　かっこいいです」這兩種表達方式有什麼不一樣呢？其實這個問題與我們 Q03 以及 Q08 所學到的「は」的概念息息相關。我們在那兩項的 Q&A 中學習到，副助詞「は」是用來提示主語的。因此若是使用「AはBより〜」的型態，就是將A做為談論話題的主題，再以B作為比較的基準。也就是說，「鈴木さんは　木村さんより　かっこいいです」其實就是以鈴木先生來當作是談論的主題，而木村先生則是其比較的基準。

- Q：鈴木<ruby>鈴木<rt>すずき</rt></ruby>さんは　かっこいいですか。
- （Q：鈴木帥嗎？）
- A：<ruby>鈴木<rt>すずき</rt></ruby>さんは　<ruby>木村<rt>きむら</rt></ruby>さんより

　　　かっこいいと<ruby>思<rt>おも</rt></ruby>いますよ。

　鈴木為談論話題的主題

- （A：我覺得鈴木比木村還要帥。）

而「Ｂより　Ａのほうが〜」或者「Ａのほうが　Ｂより〜」，則是用於將 A 與 B 兩者同時列出並排做比較時使用，因此兩者的問句會不同。

・Q：鈴木さんと　木村さんと　どちらが　かっこいいですか。
（Q：鈴木跟木村哪個比較帥？）　　　　　　　並列比較鈴木與木村
　A：鈴木さんのほうが　木村さんより
　　かっこいいと思いますよ。
（A：我認為鈴木比起木村還要帥。）
　　木村さんより　鈴木さんのほうが
　　かっこいいと思いますよ。
（A：我認為比起木村，鈴木更帥。）

※ 關於這個 Q&A，可於本社出版的『穩紮穩打！新日本語能力試驗 N4 文法』一書中的第 18 項文法的辨析當中學到。

Q12 「Aは　Bほど～ない」與 「Aほど　Xはない」有什麼不一樣？

- ・「比較級」與「最高級」
- ・「上位詞」與「下位詞」

・今年の夏は　去年の夏ほど　暑くない。
（今年的夏天，沒有去年的夏天熱。）

・今年ほど　暑い夏は　ない。
（沒有一年的夏天比今年夏天還熱的。）

　　這兩句話乍看之下長得很相似，但一看中文翻譯，我們就可以了解，第一句其實是用於「比較」，用來比較今年夏天跟去年夏天，也就是所謂的「比較級」。但第二個句型其實是在講，在所有的夏天當中，今年的最熱。也就是「最高級」。

一、「Aは　Bほど～ない」比較級

　　「～ほど～ない」既然是用於比較，一定要有兩個東西才可以比。而且既然是在比較，大概就是比較高矮胖瘦冷熱或能力…等，因此後接的述語，多半都會是形容詞或者是動詞可能形。也就是說，使用這個比較級的句型時，多以「（名詞A）は　　（名詞B）

ほど　形容詞／動詞可能形～ない」的結構呈現。

① 今年<ruby>の<rt></rt></ruby>夏は　去年<ruby><rt>きょねん</rt></ruby>の夏ほど　暑<ruby><rt>あつ</rt></ruby>くない。

（今年的夏天沒有去年夏天熱／去年比較熱。）

② 山田<ruby><rt>やまだ</rt></ruby>さんは　鈴木<ruby><rt>すずき</rt></ruby>さんほど　速<ruby><rt>はや</rt></ruby>く走<ruby><rt>はし</rt></ruby>れません。

（山田先生沒有鈴木先生跑得快／鈴木比較快。）

　　另外，這個比較句不只可以拿名詞 A 與名詞 B 相比較，也可以
拿來跟自己的想法比較。就像我們中文裡講的：「比我想像中的還
要…」，因此，名詞 B 的部分也可以代換成「思った」、「考えて
いる」等，表達想像、思考語意的動詞。

③ 今年<ruby><rt>ことし</rt></ruby>の夏<ruby><rt>なつ</rt></ruby>は　思<ruby><rt>おも</rt></ruby>ったほど　暑<ruby><rt>あつ</rt></ruby>くない。

（今年的夏天沒有想像中的熱／我以為會更熱。）

④ 山田<ruby><rt>やまだ</rt></ruby>さんは　思<ruby><rt>おも</rt></ruby>ったほど　速<ruby><rt>はや</rt></ruby>く走<ruby><rt>はし</rt></ruby>れません。

（山田先生沒有想像中的跑得快／我以為山田會很快。）

⑤ この問題<ruby><rt>もんだい</rt></ruby>は　あなたが考<ruby><rt>かんが</rt></ruby>えているほど　簡単<ruby><rt>かんたん</rt></ruby>じゃない。

（這個問題沒有你想像中的簡單／你想得太簡單、事實上有
　難度。）

二、「Aほど　Xはない」最高級

　　而既然「～ほど～はない」是用來講最高級，因此就不是像上面
那個句型那樣，必須拿「名詞 A」與「名詞 B」兩個名詞相比，而
是拿「名詞 A（下位詞）」與「名詞 A 的上位詞」來敘述、說明 A
為最高級的。

舉個例子。水果有很多種，香蕉只是其中一種。水果是總稱，就是「上位詞」，而香蕉則為水果當中的一種，它就是「下位詞」。

使用這個最高級的句型時，多以「名詞Ａほど　　（形容詞）＋名詞Ａ的上位詞　はない」的結構呈現。

⑥ バナナ　　ほど　美味しい果物　はない。
（沒有一樣水果像香蕉這麼好吃的了／所有的水果裡，香蕉最好吃。）

⑦ 今年の夏　ほど　暑い夏　はない。
（沒有一個夏天像今年夏天這麼熱了／所有的夏天裡，今年的最熱。）

⑧ 人間　　ほど　醜い生き物　はいない。
（沒有一種動物像是人類這麼醜陋了／所有的動物裡，人類最醜陋。）

當然，最高級也不一定得是名詞，因此也可以把「名詞Ａ」換成一個「動詞句」，來表達這件事是最高級的。也因為動詞句是指一件事，因此後面的上位詞部分，會直接使用「こと／もの」來替代。

⑨ 家で音楽を聴くほど　楽しいこと　はない。
（沒有一件事，比在家裡聽音樂還快樂的／在家聽音樂，是最快樂的事。）

⑩ 　　　　死ぬほど　怖いもの　はない。
（沒有一件事，像是死亡這麼恐怖的／死亡，是最恐怖的事。）

最後，要特別留意的是，這個最高級的表現，主要是用來表達說話者的主觀意識的，故不可以使用於敘述客觀事實。

- （×）富士山ほど　高い山は　ない。

由於「富士山最高」，是一個客觀的事實，因此正確的講法為：
「（日本で）　一番　高い山は　富士山です」。

Q13 「あの人」還是「その人」？

- 「あの」與「その」的異同

- 「對話型文脈指示」與
  「文章型文脈指示」

　　當我們和別人聊天，提到第三者，要講「那個人」的時候，到底要使用「あの人」還是「その人」呢？其實端看你們兩位跟那第三者的關係。

　　如果聽話者跟說話者雙方都認識這個人的話，就使用「あの人」。如果對話中的兩人，其中有一方或兩方都不認識這第三者，就使用「その人」。

- 先週　一緒に　スキーに　行った　田中さん。
  あの人、今度　転勤するそうだよ。

（上個禮拜一起去滑雪的田中啊，聽說他要調職了。）

- 受付に　人が　いますから、
  この　用紙を　その人に　渡して　ください。

（服務處／櫃檯那裡有人，請把這張紙交給那個人。）

上面第一句話中的田中先生，很明顯地，聽話者跟說話者都認識他，因為他們上個禮拜才剛剛一起去滑雪。因此兩人對談時，談到田中先生時，就使用雙方都知道的「あの人」。但第二句話，是說話者告訴聽話者一個聽話者所不認識的人：「櫃檯那裡有人」，所以就會使用其中一方所不知道的「その人」。

　　但…如果今天不是講出來的「對話」，而是寫在「文章」上的句子呢？

・箱の中に　犬が　1匹　いました。
　その犬は、悲しそうに　鳴いて　いました。
（小箱子裡面有一隻狗。那隻狗一副很傷心地叫著。）

　　作者在指示自己的文章中，先前的段落中所提到的一個人（這裡是一隻狗）時，多半會使用「そ～」系列的指示詞，不會使用「あ～」系列的。這是因為寫文章的人不能假設讀者的腦袋知道你所提到的東西。

　　此外，無論是前者的對話型文脈指示，或是後者的文章型文脈指示，使用「こ～」系列的情況，皆不屬於初級文法的範疇，因此本書省略。

※ 關於這個 Q&A，可於本社出版的『穩紮穩打！新日本語能力試驗 N4 文法』一書中的第 21 項文法當中學到。

Q14 「使いにくい」是「很難用」，但「割れにくい」卻不是「很難破」？

・「意志性動詞」與「無意志動詞」

・意志性與文法學習

　　學習「～やすい」與「～にくい」時，有一個很重要的文法觀念必須要理解。那就是「意志」與「無意志」。動詞會隨著它的語意，有可能是有意志性的「意志性動詞」，也有可能是無意志性的「無意志動詞（非意志動詞）」。

　　所謂的「意志性動詞」，指的就是「動作的主體」可以控制的動作。例如：「薬を　飲みます（吃藥）」、「使います（使用）」…等。這些動作要不要施行，動作者都可以決定。你也可以不吃、也可以不用。

　　至於「無意志動詞」，則是「動作的主體」無法控制的動作。例如「壞れます（壞掉）」、「風邪を　引きます（感冒）」以及「わかります（懂）」…等。這些動作會不會發生，動作者無法決定。你無法控制物品什麼時候會壞掉（除非你破壞它，但破壞「壞します」一詞就是意志性動詞）、你也無法控制要不要感冒、懂與不懂也不是動作者的意志所能控制的。

一般而言，意志性動詞可以使用於命令形以及意向形的表現，而無意志動詞則不能使用於命令形以及意向形。

【意志性動詞】

命令形：　薬を　飲め！（吃藥！）
　　　　　これを　使え！（用這個！）

意向形：　薬を　飲もう。（吃藥吧）
　　　　　これを　使おう。（用這個吧）

【無意志動詞】

命令形：（×）壊れ！
　　　　（×）風邪を　引け！
　　　　（×）わかれ！

意向形：（×）壊れよう。
　　　　（×）風邪を　引こう。
　　　　（×）わかろう。

　　回到本題。當「～やすい」與「～にくい」前接「意志性動詞」時，意思就是「該動作很容易做」、「某動作做起來很費勁或很困難」，因此中文翻譯可以直接翻成「容易…」、「難…」。

・去年　パリで　買った　かばんは　大きくて、
　使いやすいです。

（去年在巴黎買的包包，很大，很好使用。）

　　但如果「～やすい」與「～にくい」前接「無意志動詞」時，則是表達「動不動就容易變成某個樣態」、「不容易發生，或變成某

個樣態」。因此，「割れにくい」應該要翻譯為「不容易破」。

・このコップは　割^われにくいです。

（這個杯子不容易破。）

　　順帶補充一點。同一個動詞，依照語境的不同，它有可能是「意志性動詞」，也有可能是「無意志性」動詞。

・部屋^{へや}に　入^{はい}ります。　　　　　　　　　　　意志性

（進房間。）

・この長財布^{ながざいふ}には　スマホが　入^{はい}ります。　　無意志

（這個長皮夾可以裝得進手機。）

　　例如：「入る」這個動詞，若使用於「進房間」（部屋に入る）的語境，則它就是「意志性動詞」，說話者也可以選擇不要進去。但若使用於「這個長皮夾可以裝得進手機」（この長財布にはスマホが入ります）的語境，則它就是「無意志動詞」，因為皮夾大小是固定的，並非說話者意志可以左右的，塞不進去的東西就是塞不進去。

　　「意志性動詞」與「無意志動詞」的概念，在日文學習上非常重要。除了像上述這樣會左右一個動詞是否能使用命令形或者意向形以外，亦會左右表「目的」時，應該使用「～ように」還是「～ために」，甚至會影響「～て」所連接之副詞子句的語意…等。

※ 關於這個 Q&A，可於本社出版的『穩紮穩打！新日本語能力試驗 N4 文法』一書中的第 26~27 項文法當中學到。

Q15 為什麼可以講「雨が降り始めた」，但卻不能講「日本語ができ始めた」？

- 「狀態性動詞」與「動作性動詞」

- 狀態性的「できる」與動作性的「できる」

　　在回答這個問題之前，我們必須先來了解一下日文動詞的種類。日文的動詞又可以分為「狀態性動詞」以及「動作性動詞」。

　　所謂的「狀態性動詞」，指的就是「用來描述狀態，而不是描述動態動作」的動詞（數量不多）。例如：ある、いる、できる…等。這一類的動詞現在式（～ます／～る），就真的是指「現在」的狀態。

- 机の上に　本が　あります。

（桌上「現在」存在著一本書。）

- 私は　日本語が　できます。

（我「現在的能力狀態」，是會講日文的狀態。）

　　而這些為數不多的狀態性動詞，一般不會與「～ている」一起使用。（× あっている、× いている、× 英語が　できている）。

「動作性動詞」就是指「描述動態動作」的動詞（數量超多）。這一類動詞的現在式（〜ます／〜る），並不是指「現在」的狀態，而是指「即將發生，但尚未發生」的「近未來」。

・ご飯を　食べます。

（不是「現在」正在吃飯的狀態，而是「等一下」要開始吃飯。）

・あっ、落ちる！気を　つけて！

（要掉下去了／會摔下去，你小心！「尚未掉下去」。）

　　再回到問題。「〜始める」由於是用來表達「開始」做此「動作」，因此不可接續於表「狀態」的動詞「ある、いる、できる」…等的後方，所以也就不會有「日本語ができ始めた」這種講法了。

　　最後，關於動詞「できる」有一點必須補充。一個動詞，可能有兩種以上的意思。例如「できる」，它除了表達「能力」以外，還可以表達「完成」。若使用於表「能力」的語境，它就是「狀態性動詞」，但若使用於表「完成」的語境，它就是「動作性動詞（當中的瞬間動詞）」，因此如果我們要表達「完成了一棟新大樓」，是可以講「新しいビルができている」的。

・（×）私は　英語が　できている。

　　　　（我會英文。）

・（○）駅前に　新しいビルが　できている。

　　　　（車站前蓋好了一棟新大樓。）

　　關於「瞬間動詞」，請參考下一個問題 Q16。

※ 關於這個 Q&A，可於本社出版的『穩紮穩打！新日本語能力試驗 N4 文法』一書中的第 29 項文法、以及第 41 項文法的辨析當中學到。

Q16 什麼？「窓が開いている」不是現在進行式？

- 「持續動詞」與「瞬間動詞」
- 長時間的反復行為與習慣

　　學習者剛接觸到「～ている」時，所學習到的用法為「正在進行」的意思。例如：「雨が　降っています（正在下雨）」、「ご飯を食べています（正在吃飯）」…等。但學到後面，就會出現「窓が開いています」這樣的例句。但注意喔，這句話可不能翻譯成「窗戶正在開」喔！

　　其實這個問題跟我們上一個問題 Q15 息息相關。Q15 當中介紹了「狀態性動詞」以及「動作性動詞」，而其實，「動作性動詞」又可以細分為「持續動詞」與「瞬間動詞」。

狀態性動詞 （EX：ある、いる、できる、可能動詞…等，數量不多）		
動作性動詞	持續動詞 （EX：食べる、飲む、遊ぶ、読む…等。）	
	瞬間動詞 （EX：落ちる、死ぬ、倒れる、止まる…等。）	

　　所謂的「持續動詞」，指的就是「動作不會一瞬間完成，從開始到結束會有一定的持續時間」。這種語意的動詞，加上「～ている」後，即表示「正在進行」之意。

・ご飯を　食べています。

（「正在」吃飯。）

　　所謂的「瞬間動詞」，指的就是「動作會於一瞬間就完成、結束」。這種語意的動詞，加上「～ている」後，即表示「此動作完成後的結果狀態」。

・あっ、あそこに　お金が　落ちています。

（啊，錢掉在那裡。掉完之後的結果狀態。）

　　本文起頭所提到的「下雨」例句，因為它是「持續性」的動作，不可能是只下一秒鐘就雨停了，因此加上「～ています」後，就是表示現在進行中，現在正在下雨的意思。

　　至於「窗戶開啟」（窓が　開いている）這個例句，由於「開く」是「瞬間性」的動作，整個動作不需要一秒鐘即可完成，因此加上「～ています」後，就是「窗戶開啟後的結果狀態」，翻譯必須翻為「窗戶開著的」。

　　順帶一提。依照語境，有些情況雖然動詞為「持續動詞」，但亦可用於表達「長時間的反復行為與習慣」。這時多半會與「每年」、「每日」等表示反覆性的副詞使用。這時就不是「現在正在旅行」的意思了。

・毎年　家族旅行を　しています。

（我家每年都會全家去旅行。）

※ 關於這個 Q&A，可於本社出版的『穩紮穩打！新日本語能力試驗 N4 文法』一書中的第 29 項文法、以及第 41 項文法的辨析當中學到。

Q17 「食べ始めた」跟「食べ出した」有什麼不一樣？

- 「～始める」與「～出す」的異同

- 自己與他人的意志性動作

　　我們在之前的問題 Q15 當中有學習到，「～始める」表「開始做此動作」。也由於此句型是用於表達「動作」的開始，因此不可接續於表狀態的動詞「ある、いる、できる」…等的後方。

・雨が　降り始めた。
（開始下雨了。）

・翔太は　晩ご飯を　食べ始めた。
（翔太開始吃晚餐。）

　　「～出す」雖然也是表「開始做此動作」，但與「～始める」的不同之處，在於「～出す」有「突然」開始的意思。因此也經常伴隨著「急に」等副詞使用。

・赤ちゃんが　急に　泣き出した。
（嬰兒突然哭了起來。）

・会社に　行く　途中で、雨が　降り出した。

（去公司的途中，下起了雨來。）

　　「～出す」除了有「突然開始」的意思外，有時還帶有「讓說話者感到措手不及」的含義在，因此「～出す」不可用於「說話者本身的意志性動作」，但「～始める」則無此限制。（※ 註：關於「意志性動作」，請參考 Q14）

・（×）父の帰りが　遅いから、先に　食べ出しました。

　　　　（因為爸爸晚歸，所以「我」突然開始吃了起來。）

　　　　（這裡的「吃」，為說話者意志性動作）

・（○）父の帰りが　遅いから、先に　食べ始めました。

　　　　（因為爸爸晚歸，所以「我」開始先吃了。）

　　　　（這裡的「吃」，為說話者意志性動作）

・（○）彼は　みんなを　待たないで、一人で　食べ出した。

　　　　（「他」不等大家，自己突然吃了起來。）

　　　　（這裡的「吃」，為他人的意志性動作）

※ 關於這個 Q&A，可於本社出版的『穩紮穩打！新日本語能力試驗 N4 文法』一書中的第 29 項文法以及第 30 項文法的辨析當中學到。

Q18 為什麼我不能講「先週 富士山に 登ったことが あります」？

- 「〜たことがあります」的使用限制

　　「〜たことがある」用於表達「經驗」的有無。曾經有過的經驗就使用肯定形「〜たことがある」，若不曾做過／沒有這樣的經驗，就使用否定形「〜たことがない」。

・富士山に　登った　ことが　あります。
（我曾經爬過富士山。）

・雪を　見た　ことが　ありません。
（我不曾看過雪。）

　　「〜たことがある」不能用於日常生活中理所當然的經驗，例如：「我曾經吃過飯」之類的描述。

・（×）私は　ご飯を　食べた　ことが　あります。

　　此外，亦不能用於近期才剛發生的事。因為一般認為，近期剛發生的事，還沒內化為一個人的人生經驗。這也就是我們這一題問題的答案。

・（×）私は　先週　富士山に　登った　ことが　あります。

近期剛發生的事不能使用「〜たことがある」，但如果這件事情已經發生了一段時間，例如「一年前」，那就可以使用「〜たことがある」來表達。也就是，只要把「先週」換成別的較遠的時間，例如「一年前」，句子就變得合乎文法了。

・（○）私は　１年前に　富士山に　登った　ことが
　　　あります。
　　（我一年前曾經爬過富士山。）

最後補充一點。當我們使用「〜たことがる」來講述經驗時，一般不會使用明確日期來敘述。

・（×）私は　平成 30 年の　8 月 15 日に　富士山に
　　　登ったことが　あります。

※ 關於這個 Q&A，可於本社出版的『穩紮穩打！新日本語能力試驗 N4 文法』一書中的第 51 項文法的辨析當中學到。

Q19　什麼是「述語」？

私は学生です。

・「狀態性述語」與「動作性述語」

・各種述語的「項」

　　所謂的述語，指的就是放在句尾，針對主語的「動作」或「狀態」來做描述的部分。例如：「私は　学生です」的「学生です」部分、「この果物は　美味しいです」的「美味しいです」部分、「明日学校へ　行きます」的「行きます」部分，就是「述語」。

　　而日文的述語，又分成兩種：「動作性述語」與「狀態性述語」。顧名思義，「動作性述語」就是在描述「動作」的，而「狀態性述語」就是在描述「狀態」的。

　　老師，我懂了！「動作性述語」就是「動詞」，「狀態性述語」就是「名詞與形容詞」對不對？基本上對，但也不對！

　　「イ、ナ形容詞」與「名詞」的確是「狀態性述語」沒錯，因為這些品詞原本就是在描述狀態。但其實「動詞」，就不見得全都是「動作性述語」了。

　　有些動詞，如：「食べる（持續動詞）」、「落ちる（瞬間動詞）」…

等，的確是在描述動作，因此這兩個都是「動作性述語」沒錯。但如果是「ある」、「いる」、「できる」、「見える」…等動詞，就語意而言，這並不是動作，而是狀態。因此上述的四個動詞，並不是「動作性述語」，而是「狀態性述語」。對於這一段說明，不知道讀者是否有似曾相識的感覺？是的，這就是我們在 Q16 所提及的「動作性動詞」與「狀態性動詞」（動詞屬於述語的一種）！

狀態性述語	1. イ形容詞　2. ナ形容詞　3. 名詞　4. 狀態動詞
動作性述語	動作性動詞（持續動詞、瞬間動詞）

　　一個述語究竟為「動作性述語」還是「狀態性述語」，在日文的時制上非常重要，因為述語的種類，會決定一個句子的時制解釋。

　　如果述語為「狀態性述語」，那麼，當它使用「現在式」時，就是表示「現在事」。下列舉三個「狀態性述語」，這三個都是使用「現在式」。有沒有發現，的確就是在講「現在事」沒錯吧。

・私は　学生です。　　　　　　　　　　名詞・狀態性述語
（我是學生。）

・TiN 先生は　かっこいいです。　　　形容詞・狀態性述語
（TiN 老師很帥。）

・私は　日本語が　できます。　　　　動詞・狀態性述語
（我會日文。）

　　上述三句的意思，分別為：我「現在」是學生。TiN 老師「現在」的狀態就是很帥。我會日文，也是「現在」的能力狀態。

但如果述語為「動作性述語」，那麼，它的「現在式」，就代表著是「未來事」。

・ご飯を　食べます。　　　　　　持續動詞・動作性述語
（我＜待會兒＞要吃飯。）

・あっ、荷物が　落ちます。　　　瞬間動詞・動作性述語
（啊，行李要掉下來了。）

　　上述兩個動作性述語，無論是瞬間動作，還是持續動作，都是在講「未來的事」。「吃飯」，不是現在正在吃，而是「等一下、未來」才吃。「行李掉下來」，並不是現在正在掉，而是一副搖搖欲墜的樣子，「等一下」即將掉下來。

狀態性述語 ・現在式＝「現在事」	1. イ形容詞　2. ナ形容詞　3. 名詞　4. 狀態性動詞
動作性述語 ・現在式＝「未來事」	動作性動詞（持續動詞、瞬間動詞）

　　至於，「動作性述語」，要怎麼描述「現在」呢？這個我們先賣個關子，留到下一個 Q20，再與各位分享。

　　最後補充一點。不知道讀者們還記不記得 Q04 所提到的「必須補語」的概念呢？本問所學習到的「動作性述語」與「狀態性述語」，除了上述時制上的差異外，在「補語／項」上面，也有很大的差異喔。

　　「狀態性述語」的句型較單純，頂多前方就用到兩個必須補語（2項）而已，不會像「動作性述語」，甚至可以高達四個必須補

語（4項）。且「狀態性述語」會使用到的格助詞，頂多就是「〜に」、「〜から」、「〜と」而已，並不會使用到「〜を」與「〜で」，因此比起「狀態性述語」的句型，「動作性述語」的句型多了許多。

　以下列出常見的，代表性的狀態性述語的句型以及動作性述語的句型給各位讀者參考。

代表性的「狀態性述語」句型	
【名詞述語】	1 項名詞 ・私_{わたし}は　学生_{がくせい}だ。
【形容詞述語】	1 項形容詞 ・今日_{きょう}は　暑_{あつ}い。 2 項形容詞 ・私_{わたし}は　あなたが　好_すきだ。 ・僕_{ぼく}は　君_{きみ}より　ハンサムだ。 ・父_{ちち}は　料理_{りょうり}に　うるさい。 ・家_{いえ}は　駅_{えき}から　遠_{とお}い。 ・鈴木_{すずき}さんは　山本_{やまもと}さんと　親_{した}しい。
【動詞述語】	2 項動詞 ・花子_{はなこ}は　教室_{きょうしつ}に　いる。 ・机_{つくえ}の上_{うえ}に　本_{ほん}が　ある。 ・私_{わたし}は　日本語_{にほんご}が　できる。
代表性的「動作性述語」句型	
【動詞述語】	1 項動詞 ・弟_{おとうと}が　走_{はし}る。 2 項動詞 ・私_{わたし}は　椅子_{いす}に　座_{すわ}る。 ・私_{わたし}は　水_{みず}を　飲_のむ。 ・私_{わたし}は　あなたと　結婚_{けっこん}する。 ・私_{わたし}は　部屋_{へや}から　出_でる。 3 項動詞 ・私_{わたし}は　林_{リン}さんに　本_{ほん}を　あげた。 ・先生_{せんせい}は　教室_{きょうしつ}から　子供_{こども}たちを　出_だした。 4 項動詞 ・先生_{せんせい}は　荷物_{にもつ}を　1 階_{かい}から　2 階_{かい}に　運_{はこ}んだ。

Q20 什麼？「現在式」並不是「現在事」？

・總整理：「狀態性述語」與「動作性述語」的現在、未來與結果狀態

　　當大家學習到日語的動詞變化時，一定有學習到所謂的「動詞原形」與「動詞た形」。「動詞原形（或動詞ます）」就是「現在式」；「動詞た形（或動詞ました）」就是「過去式」，相信大家都是這麼記憶的。

　　但等等！我們在上一個 Q19 時就有提到，「ご飯を　食べます」是「現在式」，但它可不是在講現在的事，這句可是在講未來的事喔！

狀態性述語 ・現在式＝「現在事」	1. イ形容詞	例：美味しい、寒い…
	2. ナ形容詞	例：静かだ、有名だ…
	3. 名詞	例：学生、日本人…
	4. 狀態性動詞	例：ある、いる、できる…
動作性述語 ・現在式＝「未來事」	動作性動詞 　持續動詞 　瞬間動詞	例：書く、走る、食べる… 例：開く、起きる、死ぬ…

我們先來複習一下上一個問題 Q19。

　　日語的動詞，依照它本身的語意，分為「狀態性動詞」與「動作性動詞」。所謂「狀態性動詞」，指的是描述靜態的，如：「ある、いる、できる」等。而「動作性動詞」，則是描述動態的。

　　而「動作性動詞」，又可以細分為「書く、走る、食べる」等動作會持續一段時間的「持續動詞」與「開く、起きる、死ぬ」等動作一瞬間就會完成的「瞬間動詞」。

　　首先，日文裡的「狀態性動詞」其實非常少，常見的除了「ある、いる、できる」以外，大概也沒幾個了。這些「狀態性動詞」，如果是使用動詞原形（常體）或ます形（敬體），它就是用來表示「現在」。

・机の上に　本が　あります。
（桌上有書。的確是指「現在」桌上有一本書）

・私（に）は　恋人が　います。
（我有男／女朋友。的確是指「現在」有交往的對象。）

　　但如果是「動作性動詞」的話，其動詞原形（常體）或ます形（敬體），它就是用來表示「未來」。

・今、名前を　書きますから、ちょっと　待って　くださいね。
（我現在就寫名字，你稍等一下喔。）

　　上面這句話的意思並不是現在正在寫，而是「1 秒後的未來，我將會提起筆來寫」。動作並未開始。

好了，複習到這邊。接下來，我們要來填上一個 Q19 所挖的坑囉！

如果「動作性動詞」，想要表示「現在」呢？這就有點複雜了。就有如我們之前提過：「動作性動詞」又可以分為「持續動詞」與「瞬間動詞」。

所謂的「持續動詞」，指的就是一個動作不是一瞬間就可以完成的，如：吃飯、寫字等。這些持續動詞，如果要表示「現在」，就使用「～ている」的形式來表達。想起來了沒啊？這個問題我們曾經也在 Q16 提過呢！

・今 書いていますから、ちょっと 待って くださいね。
（我現在正在寫，你稍等一下喔。）

而所謂的「瞬間動詞」，則是指動作一瞬間就會結束，如：起床、開門、死掉等，都是一瞬間就可以完成的。因此「瞬間動詞」是無法使用「～ている」來表示「現在」，因為這樣的動作，一瞬間就會結束。若是將「～ている」套用在「瞬間動詞」上，則是在敘述「這個動作發生後，所殘留的結果狀態」。

・ドアが 開いています。
（門開著的／之前門開啟後，現在還呈現開著的狀態）

最後，我們先前提及，「動作性動詞」的「現在式」表「未來」。那麼，「狀態性動詞」要怎麼表達「未來」呢？這時，就使用動詞原形／ます形，再搭配上「時間副詞」就可以表達未來了。

・明日、家に　います。

（我明天在家。）

本問的說明，統整如下表：

狀態性動詞	ある いる できる		表「現在」時 動詞原形 動詞ます形	表「未來」時 動詞原形 動詞ます形	表「結果狀態」 －－－－－－
動作性動詞	持續動詞	書く 走る 食べる	表「現在」時 ～ている ～ています	表「未來」時 動詞原形 動詞ます形	表「結果狀態」 本文不探討 （※ 參考「てある」）
	瞬間動詞	開く 起きる 死ぬ	表「現在」時 －－－－－－	表「未來」時 動詞原形 動詞ます形	表「結果狀態」 ～ている ～ています

Q21 「～ている」的用法有哪些？

- 進行
- 結果狀態
- 反覆
- 經驗
- 形容詞性的動詞
- 「～ていない」與 「～ないでいる」

我們在 Q20 學到了「～ている」，當它接續在持續動詞後面時，表「現在（正在進行中）」；當它接續在瞬間動詞後面時，則表「（動作結束後的）結果狀態」；且它不會接續在狀態性動詞的後方。

這一問，我們就延續這個話題，溫故知新，來整理一下補助動詞「～ている」五種主要的常見用法，順便看看其否定的形式要怎麼表達。

一、動作的進行

① 先生は　職員室で　昼食を　食べています。
（老師在職員室吃午餐。）

「食べる」為「持續動詞」。「持續動詞」加上「～ている」後，表示動作的進行。其否定形式有「～ていない」以及「～ないでいる」兩種。

② 私は　昨日から　何も　食べていません。

（我從昨天就什麼都沒吃。）

③ 彼は　ハンストで　何日も　ご飯を　食べないでいます。

（他因為絕食抗議，已經好幾天沒吃飯。）

（※ 註：ハンスト（ハンガー・ストライキ）：ストライキを実行している間、飲食せず居座りつづけること。

譯：「絕食罷工／罷課抗議」。）

　　第②句話使用「〜ていない」的否定形式，純粹描述「吃」這個動作未實現。但第③句話使用「〜ないでいる」的否定形式，意思則是「不吃」的狀態一直持續，同時有著「刻意」不去做「吃」這件事情的語感。因此動詞若為「非意志動詞」（※ 註：請參考 Q14），就不可使用「〜ないでいる」的否定型態。

④ 雨が　降っています。　　　　降る：非意志動詞

→ 雨が　（○降っていません／×降らないでいます）。

（雨沒有下。）

二、動作的結果狀態

⑤ ガラスが　割れています。

（玻璃破掉了。）

⑥ 鈴木さんは　眼鏡を　かけています。

（鈴木先生帶著眼鏡。）

　　「割れる」與「（眼鏡を）かける」為「瞬間動詞」。「瞬間動詞」加上「〜ている」後，表示動作的結果狀態。其否定形式亦有

「〜ていない」以及「〜ないでいる」兩種。

⑦ 鈴木さんは　眼鏡を　かけていません。
（鈴木先生沒有戴眼鏡。）

⑧ 視力が　悪いのに　眼鏡を　かけないでいると、
　余計　視力が　悪くなる。
（視力不好，還不戴眼鏡的話，只會讓視力變得更差。）

　　第⑦句使用「〜ていない」的否定形式，一樣是純粹描述沒做「戴眼鏡」這個動作。第⑧句使用「〜ないでいる」的否定形式，則是「不戴眼鏡」的狀態一直持續，同時有著「刻意」不去做這件事情的語感在。因此動詞若為「非意志動詞」，就不可使用「〜ないでいる」的否定型態。

⑤ ガラスが　割れています。　　　割る：非意志動詞
→ ガラスが　　（○割れていない／ ×割らないでいる）。
（玻璃沒有破。）

三、動作的反覆

⑨ 彼は　毎日　薬を　飲んでいます。
（他每天都吃藥。）

⑩ 世の中で　毎日　不思議な　ことが　起こっています。
（世界上每天都在發生不可思議的事情。）

　　「〜ている」亦可以表示反覆的語意，這我們在 Q16 的後半段也提過。無論是「持續動詞」還是「瞬間動詞」，都可以透過「每

週」、「毎日」等表「發生頻率」的副詞，來表達其動作的反覆。其否定的形式只可使用「〜ていない」。另外，由於肯定句表示反覆，因此否定句時，則有「部分否定」的含義，表示發生的頻率並非經常性、規律性的。

⑪ 朝食を 毎日 食べていない中学生が 増えています。
（沒有每天吃早餐的國中生變多了。）

四、經驗

⑫ あの女優は 今までに ５回も 離婚しています。
（那個女演員到目前為止已經離過了五次婚。）

⑬ 私は 一度 死んでいる。
（我曾經死過一次／我曾經在生死邊緣徘徊。）

「〜ている」亦可用於表示經驗。無論是「持續動詞」還是「瞬間動詞」，都可以透過「去年」、「今まで」等表「過去時間」的副詞或「一度」、「５回」等表「次數」的副詞來表達有過這樣的經驗。

五、形容詞性的動詞

⑭ 私は 父親に 似ています。
（我長得很像父親。）

⑮ 富士山は 高く 聳えています。
（富士山高聳著。）

「優れる、聳える、似る、面する、向く…」等動詞，主要用來描述事物所帶有的性質，語意上偏向形容詞，因此又被稱作是「形容詞性的動詞」。這類動詞為特殊動詞，一定要伴隨著「～ている」使用，較少單獨使用動詞原形，其否定的形式只可使用「～ていない」。

　⑯ 弟は　両親に　全然　似ていない。

　　（弟弟長得一點都不像父母。）

Q22 「〜ている」與「〜てある」有什麼不一樣？

- 「〜に　〜が　〜動詞ている」
  「〜に　〜が（を）
  〜動詞てある」

　　要描述「冰箱裡面有牛奶／放有牛奶／放著牛奶」時，有兩種描述方式。可使用「〜に　〜が　自動詞＋ている」的形式或者是「〜に　〜が（を）　他動詞＋てある」的形式：

- 冷蔵庫_{れいぞうこ}に　牛乳_{ぎゅうにゅう}が　入_{はい}って　います。　　「入る」為自動詞
  （冰箱裡面有牛奶。）

- 冷蔵庫_{れいぞうこ}に　牛乳_{ぎゅうにゅう}が　入_いれて　あります。　　「入れる」為他動詞
  （冰箱裡面冰有牛奶。）

　　但這兩種形式的語意有些微差異。前者「〜ている」的表達方式，說話者著重於「狀態、結果面」，口氣中僅帶有「說明目前看到的狀態而已」。而後者「〜てある」的表達方式，說話者則是著重於「行為面」，口氣中有意識到「先前有人做了這個行為，以至於現在呈現著這樣的結果狀態」。

・（○）風で ドアが 開いて います。 　「開く」為自動詞
　（因為風吹，門開了起來。）

・（×）風で ドアが 開けて あります。　「開ける」為他動詞

　　因此，像是上例這種「因為風吹，而導致門開著」的狀態，就不可使用意識到某人行為的「～が 他動詞＋てある」形式，因為這件事情並不是人的行為。

・ジュースが 冷えて いる。 　　　　　　　　　「冷える」為自動詞
（果汁是冰的。）

・ジュースが（を） 冷やして ある。 　　　「冷やす」為他動詞
（<冰箱裡>冰有果汁。）

　　此外，日文的自動詞，許多詞彙的語意，其本身就包含了「結果、狀態」。但他動詞的語意範圍就只涵蓋到「施行動作」而已，並不包含結果狀態。因此上兩句話的差異，在於「ジュースが（を）冷やしてある」表達「有人為了某目的，而把果汁拿去冰」，但不見得果汁現在就是呈現低溫的狀態，頂多就是知道果汁在冰箱裡面。而「ジュースが 冷えている」則是表達「目前果汁是呈現冰涼的狀態」。因此下列的例句並非不合邏輯。

・ジュースが（を） 冷やして あるが、
　まだ 冷えて いません。
（冰箱裡冰有果汁，但那果汁還沒變冰。／果汁拿去冰了，但是還沒變冰。）

※ 關於這個 Q&A，可於本社出版的『穩紮穩打！新日本語能力試驗 N4 文法』一書中的第 42 項文法的辨析當中學到。此外，關於「～を 他動詞＋てあります」請參考 Q23。）

Q23 什麼！「～てある」的前面還可以接自動詞？「～てある」總整理。

- 「～てある」與「～（ら）れている」的異同

- 「結果殘存」與「效力殘存」

- 「自動詞＋てある」

補助動詞「～てある」是用來表達「有人為了某個目的而做了某項動作，在動作完成後，產生了目前的結果狀態」。例如，若只是要單純描述「把便條紙貼在門上」，可以使用例句①的講法：

① ドアに　メモを　貼った。
（把便條紙貼在門上。）

然而，若是要表達「有人為了某個目的（為了記憶等），而將便條紙貼在門上，以致於目前門上面還是貼著便條紙的狀態」，就可以使用補助動詞「～てある」。

② ドアに　メモを　貼ってあります。
（門上貼著便條紙。）

接下來，我們來看看補助動詞「～てある」的用法，請留意其配對的助詞。

一、助詞的使用

使用補助動詞「～てある」時,「メモ」的部分,可使用原句(指例句①)原本的助詞「を」,亦可將其改為「が」。

② ドアに　メモを　貼ってあります。
(門上貼有便條紙。)

③ ドアに　メモが　貼ってあります。
(門上貼著便條紙。)

例句②與例句③在語意上並沒有太大的差別。但就語感而言,一般認為使用「を」,會加強動作者存在的感覺。

④ 店の前に　車を　止めてあります。
(店門口前停好了車子。)

⑤ 店の前に　車が　止めてあります。
(店門口前停著車子。)

例句④與例句⑤的語意亦相近。只不過例句④「車を」的部分使用助詞「を」,呼應本動詞「止める」,因此語意上偏向描寫「停車」的動作,並暗示做動作者的存在。例句⑤「車が」的部分使用助詞「が」,呼應補助動詞「ある」(店の前に　車が　ある),因此語意上偏向描寫「狀態」,暗示動作完成後的結果殘存。

二、「～が　動詞てある」與「～が　動詞(ら)れている」

上述表示結果殘存的「～が　動詞てある」,其實語意與被動句

「～が　動詞（ら）れている」的意思很接近，因此可以互相替換。

⑥ ドアに　メモが　貼ってあります。
＝ドアに　メモが　貼られています。
（門上貼著便條紙。）

⑦ ドアが　開けてあります。
＝ドアが　開けられています。
（門開著／門被打開了。）

　雖然說「～が　動詞てある」與「～が　動詞（ら）れている」都有暗示著「動作者」的存在，但「～てある」卻不可以將動作者明講出來，反之「～（ら）れている」則可以點出動作者。

・（×）ドアが　先生によって　開けてあります。

・（○）ドアが　先生によって　開けられています。
　　　（門被老師打開了。）

　三、自他對立動詞的「他動詞＋てある」與「自動詞＋ている」

　關於這一點，我們也在上一個 Q22 當中稍微探討過。若動詞為「開ける／開く」、「止める／止まる」、「入れる／入る」等自他對立的動詞組合，「他動詞＋てある」亦可替換為語意接近的「自動詞＋ている」來表示。前者聚焦在「行為的實行（行為面）」，後者聚焦在「目前看到的狀態（結果面）」。列舉如下：

⑥ ドアが　開けてあります。
　　使用他動詞「開ける」
　　表示有人開了門，使門現在是開著的狀態。

⑦ ドアが　開いている。

　　　使用自動詞「開く」

　　　表示目前門是開著的狀態。

⑧ ビールが　冷やしてあります。

　　　使用他動詞「冷やす」

　　　表示有人把啤酒拿去冰箱冰的「行為」。

⑨ ビールが　冷えている。

　　　使用自動詞「冷える」

　　　表示啤酒現在是冰冰的「狀態」。

　　此外，就有如 Q22 所提及，將啤酒拿去冰的行為，有可能是剛拿去冰而已，尚未變涼。因此，將例句⑧他動詞的肯定句，與例句⑨自動詞的否定句合併起來講，並不會產生矛盾。見例句⑩。

⑩ ビールが冷やしてあるが、まだ冷えていないだろう。

　　　（啤酒有拿去冰，但應該還沒變涼吧。）

　　且由於「～てある」主要表示「有人做了動作」。因此自然現象所導致的結果狀態，不可使用「他動詞＋てある」，僅能使用「自動詞＋ている」來表達。

⑪ （×）風で　ドアが　開けてあります。

⑩ （○）風で　ドアが　開いています。

　　　（門因為風而開著。）

四、表示效力殘存的「～てある」

「～てある」除了有前面例句那種表示「結果殘存」的用法外，還有「效力殘存」的用法。「結果殘存」是指「以五官察覺到的狀態」；「效力殘存」則是指「該行為帶來了某種效力，而這個效力到目前為止仍然發揮其功能」。

⑬ その問題の 解決策は（を）、ちゃんと 考えてあります。
（這個問題的解決方法，我已經想好了。）

例句⑬表示為了解決這個問題，說話者經過了縝密地思考。而「思考」這個動作的「效力」到目前仍是持續發揮其作用。也就是說，說話者目前知道後續應該如何繼續去處理這個問題。此外，「效力殘存」的用法，表示「對象」的助詞僅可使用「を」，不可以使用「が」。

⑭ （○）電話番号を 知らせてあります。
（已經有通知他電話號碼了。）

⑮ （×）電話番号が 知らせてあります。

此外，「效力殘存」的用法，由於對象的助詞僅可使用「～を」，因此我們就可以使用「～が」，來明示出「動作者」。

⑯ 母が タクシーを 予約してあります。
（媽媽預約好了計程車。）

最後一點，「效力殘存」的用法，不僅限於「他動詞＋てある」，亦有「自動詞＋てある」的用法，但較少使用。

⑰ 試験のために、ぐっすり眠ってあります。

　（為了考試，我有好好睡覺。）

Q24 都用來表達「做完」的「~終わる」與「~てしまう」有什麼不一樣？

- 「~終わる」的文法限制

- 「~てしまう」的兩種用法

「~終わる」接續在動詞ます形（去掉ます）的後方，表「某動作或事件結束／完成」。

① やっと 論文が 書き終わった。
（論文總算寫完了。）

② 春日さんは 昼食を 食べ終わりましたか。
（春日先生中餐吃完了嗎？）

「~てしまう」則是接續在動詞て形的後方，表「事情已經全部做完，解決、處理完畢了」，故經常會與「全部」、「もう」等副詞共用。

③ レポートは 明日 出して しまいます。
（報告明天會完成交出去。）

④ 今日中<ruby>今日<rt>きょう</rt></ruby><ruby>中<rt>じゅう</rt></ruby>に　この<ruby>仕事<rt>しごと</rt></ruby>を　やって　しまいますから、
　　<ruby>先<rt>さき</rt></ruby>に　<ruby>帰<rt>かえ</rt></ruby>って　ください。

（我今天之內要把這個工作完成，你先回去吧。）

　　兩者不同點，在於「～終わる」僅是說明一個動作結束、完成；
而「～てしまう」則是帶有此動作「解決掉了、處理完畢」的語感
在，因此上面第④句例句，說話者是要強調在今天內必須「解決」
工作，因此就不適合改為「～終わる」。

　　此外，若動詞本身的語意是一瞬間就可以完成的瞬間動詞（※註：
參考 Q16），如「死ぬ、落ちる」等；或是語意當中沒有明顯結束點的
動詞，如「酔う、悲しむ」等，亦不可以使用「～終わる」來表達。
上述的第③句例句，「交報告」，因為也是一瞬間的事情，因此亦
不可改為「～終わる」。

・（×）あの　<ruby>人<rt>ひと</rt></ruby>は　<ruby>死<rt>し</rt></ruby>に<ruby>終<rt>お</rt></ruby>わりました。

　　　（那個人死掉了。）

　　　　⇒改為「<ruby>死<rt>し</rt></ruby>にました」即可。

・（×）<ruby>課長<rt>かちょう</rt></ruby>は　<ruby>酔<rt>よ</rt></ruby>い<ruby>終<rt>お</rt></ruby>わって、うちへ　<ruby>帰<rt>かえ</rt></ruby>りました。

　　　（課長酒醒後，就回家了。）

　　　　⇒改為「<ruby>酔<rt>よ</rt></ruby>いが<ruby>覚<rt>さ</rt></ruby>めて」即可。

・（×）レポートは　<ruby>明日<rt>あした</rt></ruby>　<ruby>出<rt>だ</rt></ruby>し<ruby>終<rt>お</rt></ruby>わります。

　　　（報告明天交。）

　　　　⇒改為「<ruby>出<rt>だ</rt></ruby>します」即可。

「～てしまう」除了可以用來表達「事情已經全部做完，解決、處理完畢了」以外，亦可用來表達「做了／發生了一件無法挽回的事情，而感到後悔、可惜、遺憾」，因此上面那個人死掉的例句，如果你感到很遺憾，就可以用「～てしまう」來表達你的遺憾。

　　⑤あの　人^{ひと}は　死^しんで　しまいました。
　　（那個人死掉了。）

※ 關於這個 Q&A，可於本社出版的『穩紮穩打！新日本語能力試驗 N4 文法』一書中的第 47 項文法的辨析當中學到。

Q25 什麼？「～たり ～たり」後面不一定要加「する」？

- 「列舉」與「交互發生」

- 「～たり」＋です

- 「～たり」＋助詞

　　句型「Aたり、Bたり　します」，主要是用來「舉例、列舉」出複數個動作。雖然只有說出A、B兩個動作，但口氣中帶有「除了這兩個動作以外，還做其他動作，只是沒講出來而已」的含義在。亦可僅舉出一個例子，使用「Aたりする」的型態。

- 今週の　日曜日は、　テニスを　したり　映画を
観たりしました。
（這個星期日，我打了打網球，看了看電影。）

- 休みの　日は　買い物に　行ったり　します。
（假日，我大概就是去買買東西之類的。）

　　若A與B為相對語意的動詞，或者同一動詞的肯定與否定，則表示這兩個動作「交互發生」。

- 知らない男が　家の前を　行ったり　来たり　しています。
（有一個陌生男子在我家門前走來走去。）

・彼は　学校に　来たり　来なかったり　します。

（他有時會來學校，有時又缺席。）

　　此外，由於「A たり、B たり」的部分，就相當於一個名詞，因此後方會搭配「します」或「だ（です）」使用。

・母は　病気で、寝たり　起きたり です。

（母親因為生病，時好時壞＜一下臥病不起，一下好轉＞。）

　　而「～たり　～たり」既然等同於一個名詞，它當然也就可以加上「の」來修飾後方名詞，或直接放在格助詞「を」的前方。

・夏休み中は、旅行したり　買い物したり の　毎日です。

（暑假期間，每天就是去旅行啦，買買東西之類的。）

・この病気は、熱が　上がったり　下がったり を
繰り返します。

（這個病，會一直反覆發燒退燒。）

※ 關於這個 Q&A，可於本社出版的『穩紮穩打！新日本語能力試驗 N4 文法』一書中的第 51 項文法的辨析當中學到。

Q26 為什麼可以講「服を着たまま、寝た」，但卻不能講「服を着たまま、出かけた」？

- 「〜たまま」的文法限制

- 「〜たまま」與表附帶狀況的「〜て」

- 「〜たまま」＋です

　　「〜たまま」這個句型，以「Aたまま（動詞肯定）、B」的形式，來表達「在某個狀態之下，做某事」。例如：

・窓を　開けたまま、寝ました。
（開著窗沒有關就睡了。）

・靴を　履いたまま、部屋に　入らないで　ください。
（請不要穿著鞋子進入房間。）

　　但此句型當中 A 的狀態，多半是與 B 這個動作不相稱，違反常識的。因此，像我們題目中提到的語境「穿著衣服出門」，本來就是符合常識的（正常人本來就是穿著衣服出門的）。這種情況就不會使用「〜たまま」。

・（×）服を着たまま、出かけた

若想要表達「穿著衣服出門」，則會使用「～て」來表達。因此上述例句可以改為：

・（○）服を着て、出かけた。

　　此外，此句型的前方若為動詞肯定時，是使用「～た形＋たまま」。但若是動詞否定時，則使用「～ない形＋まま」（不是～なかった＋まま）。名詞時，則為「名詞の＋まま」。

・服を　着ないまま、寝て　しまった。
（沒穿衣服，就睡著了。）

・浴衣のまま、出かけないで　ください。
（請不要穿著浴衣＜夏季穿的簡易和服＞出門。）

　　最後再補充一點。「～た／ない／名詞の＋まま」除了可作為「接續表現」（上面的例句），連接前後 A、B 兩個句子以外，亦可以直接放在句尾當作是「文末表現」。

・コロナの影響で　あの店は　閉まった　ままだ。
（那間店，因為武漢肺炎一直維持的休業的狀態。）

※關於這個 Q&A，可於本社出版的『穩紮穩打！新日本語能力試驗 N4 文法』一書中的第 53 項文法的辨析當中學到。

Q27 為什麼可以講「もし、宝くじが当たったら」，但卻不會講「もし、駅に着いたら」？

- 「假設的條件」與「確定的條件」

- 「～たら」與「～ば」

　　「～たら」用於串連前後兩個句子，表示前句為後句成立的「條件」。以「Aたら、B」的形式來表達：「假設的條件句」。「假設的」，意指「不見得會發生的」。例如「中樂透」之類的。這種用法時，中文可以翻譯為「如果…（的話）」。也因為是表達假設的語氣，因此此用法經常配合表達假設的副詞「もし」一起使用。其否定形式為「～なかったら」（前接「ない」形）。

・宝くじが　当たったら、家を　買いたいです。
（如果彩卷中獎了，我想要買房子。）

・明日、もし　天気が　よかったら、ディズニーランドへ
　行きましょう。
（明天如果天氣不錯的話，我們就去迪士尼樂園吧。）

・明日　会社に　来なかったら、クビだ！
（你明天如果沒來公司，就把你革職。）

「～たら」除了表達上述的假設語境以外，亦可用於表達「確定的條件句」。

　　所謂「確定的」，指的「一定會發生的」。例如「明天天亮」後，或者「今天下班」後…等等。這種用法時，中文就會翻譯為「一…就…。」或者是「…之後…。」。也因為這種用法，前句的事情是「確定」會發生的，因此表確定條件的用法就不可與表達假設的副詞「もし」使用。

・<ruby>駅<rt>えき</rt></ruby>に　<ruby>着<rt>つ</rt></ruby>いたら、<ruby>連絡<rt>れんらく</rt></ruby>を　ください。
（到達車站之後，請聯絡我。）

・<ruby>春<rt>はる</rt></ruby>に　なったら、<ruby>花<rt>はな</rt></ruby>が　<ruby>咲<rt>さ</rt></ruby>きます。
（一到了春天，花就會開。）

　　另外，表確定的條件句由於是「確定」會發生，所以不會有否定的講法。

　　最後再補充一點。「～たら」在「假設的條件句」用法時，可以替換為「～ば」，但如果是「確定的條件句」時，則不可替換為「～ば」。

・（○）<ruby>宝<rt>たから</rt></ruby>くじが　<ruby>当<rt>あ</rt></ruby>たれば、<ruby>家<rt>いえ</rt></ruby>を　<ruby>買<rt>か</rt></ruby>いたいです。
　　　（如果彩卷中獎了，我想要買房子。）

・（○）<ruby>明日<rt>あした</rt></ruby>、もし　<ruby>天気<rt>てんき</rt></ruby>が　よければ、ディズニーランドへ　<ruby>行<rt>い</rt></ruby>きましょう。
　　　（明天如果天氣不錯的話，我們就去迪士尼樂園吧。）

・（○）明日　会社に　**来なければ、**クビだ！

　　（你明天如果沒來公司，就把你革職。）

・（✕）駅に　着けば、連絡を　ください。

・（？）春に　なれば、花が　咲きます。

　　上述「春になれば、〜」這句話的意思，並非本問所介紹的「一到了春天，花就會開」的意思，因此打上問號。詳細請參考 Q59。

※ 關於這個 Q&A，可於本社出版的『穩紮穩打！新日本語能力試驗 N4 文法』一書中的第 54 項文法當中學到。

Q28 當「〜たら」遇上「〜た」

- 「〜と」與「〜たら」
- 「〜たら　〜た」的意思與規則

　　日文中，表示條件句的講法有「〜と」、「〜ば」、「〜たら」…等。其中有些情況可以互換，有些情況不可以互換。而這些條件句的文法規則也非常繁複，常常搞得學習者一頭霧水。例如：「〜と」的後句，一定要接「無意志」的表現；而「〜たら」的後句，就無論是「有意志」或者「無意志」的表現，都可以使用。(※：「意志性」與「無意志」請參考 Q14)

　　舉個例子：「凍る」（結凍）一詞，為「無意志動詞」，因此我們可以講「水は０℃になると、凍る」，也可以講「水は０℃になったら、凍る」（水降到了零度時，就會結凍）。但「行く」（去）一詞為「意志性動詞」，因此我們可以講「仕事が終わったら、飲みに行きましょう」（工作結束後，去喝一杯吧），但卻不可以講「仕事が終わると、飲みに行きましょう」。

「～たら」：後句動詞為「意志動詞」或「無意志動詞」皆可

- （○）水は　0℃に　なったら　凍る。

  （水降到了零度時，就會結凍。）　　　　　　凍る：無意志

- （○）仕事が　終わったら　飲みに　行きましょう。

  （水降到了零度時，就會結凍。）　　　　　行きましょう：意志

「～と」：後句動詞僅可為「無意志動詞」

- （○）水は　0℃に　なると　凍る。

  （水降到了零度時，就會結凍。）　　　　　　凍る：無意志

- （×）仕事が　終わると　飲みに　行きましょう。

  　　　　　　　　　　　　　　　　　　　　行きましょう：意志

　　也因為條件句在語意上，就是用來表達「如果…就…」、「每當…就…」、「一…就…」的，所以它不是假設性的就是恆常性的。也因此，條件句的後面動詞，多半都以「現在式」結尾（「與現在事實相反的假設」除外）。

　　接下來，要與各位讀者分享的，就是當「～と」或「～たら」，如果後句接的不是現在式，而是過去式「た形」結尾的表達方式，那它就不是上述的假設性或恆常性了。

　　當「～たら」遇上了「た」，所表達的語意，是表示「做了 X 這件事之後，發生或發現了 Y 這樣的結果」。

・スマホの　電源を　入れたら　メールが　100 通も
　来ていた。
（打開了智慧型手機電源，發現我有 100 封未讀電子郵件。）

　　這句話的意思就是，當我打開了手機的電源，接下來，就發現一
件事：「我有 100 封未讀 mail（傳來了 100 封 mail）」。而這個
句型後句的部分，都是「說話者原本沒有預期到，或不知道的」，
也就是說話者在打開手機電源之前，根本不知道自己有 100 封
mail，但因為前句這個動作後，才認知了／發現到了後句的結果。
也因此，後句的語氣「多半帶有點說話者的驚訝之情」。所以後句
也都是無意志表現。

・デパートへ　行ったら、今日は　休みだったと
　いうことが　わかった。
（去到了百貨公司，才知道原來今天休假。）

　　上句的意思就是，說話者原本並不知道百貨公司今天休假，但去
了之後，才發現到，喔！原來今天百貨公司沒開！有點意外之情。

　　接下來再舉兩個例句，也是一樣的意思：

・冷蔵庫の中を　のぞいたら　何も　入って　いなかった。
（看了冷凍庫後，才發現原來裡面什麼都沒有。）

・薬を　飲んだら／飲むと　元気に　なった。
（吃了藥後，就好多了。）

「〜と」與「〜たら」，其後句使用的時制是現在（動詞原形／ます形）還是過去（た形），會影響句子的語意，這點不可不知！

Q29 「〜と思う」與「〜と思っている」有什麼不一樣？

- ・「第一人稱」與「第三人稱」的思考、判斷或意見
- ・「〜と思った」

　　「〜と思う」用於說話者「向聽話者」表明「自己」的主觀判斷或意見。因此無論「〜は」的部分為何，都是表「說話者・我」的思考判斷或意見。

・明日は、雨が　降ると　思う。
（「我」想，明天應該會下雨。）

・明日のパーティーに　先生は来ないと思います。
（「我」認為明天的派對老師不會來。）

・鈴木先生は　もう　帰ったと　思います。
（「我」想，鈴木先生已經回去了。）

　　「〜と思う」只可用來表達說話者自身的思考。但「〜と思っている」則可用來表達「說話者」自身以及「第三者」的思考。

- （○）（私は）、明日のパーティーに先生も来ると思います。

  （我認為明天的派對老師也會來。）

- （×）鈴木さんは、明日のパーティーに先生も来る
  と思います。

  （鈴木認為明天的派對老師也會來。）

- （○）（私は）、明日のパーティーに先生も来る
  と思っています。

  （我認為明天的派對老師也會來。）

- （○）鈴木さんは、明日のパーティーに先生も来る
  と思っています。

  （鈴木認為明天的派對老師也會來。）

　　也就是說，表達「說話者・我」的思考判斷或意見時，無論用「～と思う」或是「～と思っている」都可以。

　　兩者的差別在於：使用「～と思う」時，用於表「說話者目前的判斷」。「（私は）明日のパーティーに先生も来ると思います」為我目前的判斷。我從老師明天可能沒課，老師跟我們班上感情很好等各種跡象判斷，老師應該會出席明天的派對。但若使用「～と思っている」時，則語感上偏向，「一直以來」，我「相信、期待」老師應該會出席。

　　順道補充一點。如果是使用「～と思った」（た形）的話，則亦可用來表達「我」以及「第三人稱」的思考。

・（私は）、山田さんは　犯人ではないと　思った。

（我認為山田不是犯人。）

・刑事は、山田さんは　犯人ではないと　思った。

（警察認為山田不是犯人。）

※ 關於這個 Q&A，可於本社出版的『穩紮穩打！新日本語能力試驗 N4 文法』一書中的第 58 項文法的辨析當中學到。

Q30 「〜と言った」、「〜と言っている」與「〜と言っていた」有什麼不一樣？

・「引用」與「轉述」

有別於 Q20 所介紹的「〜と思う」用於講述「說話者」的判斷或意見，這裡的「〜と言った／言っている／言っていた」都是講述「別人」說過的話。也由於都是在講述別人講過的話，因此會以過去式「〜と言った」來表達，而不會使用「〜と言う」來講述。

・田村さんは　今晩の　パーティーには　来ないと
（○言った／○言っている／○言っていた）。

除了可使用「〜と言った」來講述別人說過的話以外，還可以使用「〜と言っている」以及「〜と言っていた」的型態。這三者的不同，在於：

「〜と言った」僅是單純「引用」對方講過的字句而已，不帶有任何感情或任何對聽話者的呼籲、要求或訴求。然而，使用「〜と言っている」時，則表「這個人說過的話，到目前為止都還有效」，因此多用於「說話者希望聽話者對於這個目前仍有效的狀況，必須做出反應」時。

以本例來講，「～と言っている」多半會用在說話者向聽話者（很可能是派對主辦者）說明田村不來一事，並要求主辦者對於田村不來一事要有所應對。或許田村在派對上有什麼重要的任務，因此說話者要求主辦者來處理這件事。

・田村さんは　今晩の　パーティーには　来ないと
　言っていますが、どうしますか。
（田中先生說他今天晚上的派對不會來耶，怎麼辦？）

此外，「～と言っていた」則多用於「轉述」第三人稱說過的話給聽話者時使用。

・A：あれ？田村さん、まだ　来て　いませんね。
（A：疑？田村先生怎麼還沒來啊。）
　B：田村さん、今晩の　パーティーには　来ないと
　　言っていましたよ。
（B：田村先生有說，他今天晚上的派對不會來喔。）

※ 關於這個 Q&A，可於本社出版的『穩紮穩打！新日本語能力試驗 N4 文法』一書中的第 59 項文法的辨析當中學到。

Q31 「～と思う」與「～く思う」有什麼不一樣?

- 「認識動詞構句」的兩種構造

- 「引用節」中表對象的助詞「が」、「を」的異同

「思う」、「考える」等用來表示人的思考、或具備傳遞情報語意的動詞,除了有 Q29 所提到的「～は　～ 常體句 ＋と思う」的句型構造外,亦有①「～は　～を 常體句 ＋と思う」以及②「～は　～を 形容詞く ＋思う」的構造用法。

① 山田さんは　陳さんの言葉を 頼もしいと 思った。
（山田先生認為陳先生的話很可靠。）

② 山田さんは　陳さんの言葉を 頼もしく 思った。
（山田先生認為陳先生的話很可靠。）

例句①與②的這兩種句型構造,稱為「認識動詞構句」。句中框框部分（常體句／形容詞く）的部分,是用來說明「～を」部分的屬性的,因此都是表屬性的詞語。兩者在語意上沒有太大的差別,不過第②種構造「形容詞く＋思う」的認識動詞構句,在文法上有較多限制,只能使用形容詞,無法使用名詞或動詞。

③ クラス全員が　山田君を　　（○天才だと／ ×天才に／
×天才／ ×天才い）　思っている。
（全班都覺得山田是個天才。）

此外，能夠使用②「形容詞く＋思う」這種構造來表達的認識動詞，僅限於「思う、感じる」等少數幾個。但能夠使用①「常體句＋と思う」的構造來表達的認識動詞則有很多，除了「思う、感じる」以外，還有「信じる、判断する、見なす」…等。

④ （○）山田さんは　陳さんの言葉を　 頼もしいと 　信じた。
　　　（山田先生相信陳先生的話很可靠。）

⑤ （×）山田さんは　陳さんの言葉を　 頼もしく 　信じた。

接下來，我們來看看第 ① 種構造「 常體句 ＋と思う」這種認識動詞構句裡，認識對象所使用的助詞。

③ クラス全員が　山田君を　天才だと　思っている。
（全班都覺得山田是個天才。）

⑥ クラス全員が　山田君が　天才だと　思っている。
（全班都覺得山田是個天才。）

上述兩例句的認識對象為「山田」。認識對象的助詞無論使用「が」或是「を」，其語意相差不遠，但兩者在句法上的結構不同。③的主要子句部分為「〜が　〜を　〜と　思っている」，常體句（引用節／從屬子句）部分為「天才だ」；⑥的主要子句部分為「〜が　〜と　思っている」，常體句（引用節／從屬子句）部分為「山田が　天才だ」。

③ クラス全員が　山田君を　天才だと　思っている。

　　　〜が　　　〜を　　　〜と　思う

⑥ クラス全員が　山田君が　天才だと　思っている。

　　　〜が　　　　　　　　〜と　思う

　雖說兩者語意相差不大，但若認識對象不明確時，則會有不同的語感差異在。

⑦ 先生は　クラスの中の誰かを　盗みの犯人だと
　思っている。
　（老師認為班上的某人是偷竊犯。）

⑧ 先生は　クラスの中の誰かが　盗みの犯人だと
　思っている。
　（老師認為班上的某人是偷竊犯。）

　⑦ 的主要子句部分為「先生は　〜を　〜と思っている」，認識對象使用「を」，有「老師認為班上的某位同學是偷竊者，且老師已知道是誰」的語意；⑧ 的主要子句部分為「先生は　〜と思っている」，認識對象使用「が」，屬於引用節中的一部分，則有「老師認為偷竊者是班上的某位同學，但並不知道是誰。」的語意。

　至於有關「〜を　常體句＋と思う」構造的語序問題，認識動詞「〜を　常體句＋と思う」構造時，原則上語序不可調動。

③ （○）クラス全員が　山田君を　天才だと　思っている。

⑨ （×）クラス全員が　天才だと　山田君を　思っている。

124

但若在「を」格前方的名詞（此為山田）加上「～のこと」，則可自由調動語序。

⑩（○）クラス全員が 山田君のことを 天才だと
　　　思っている。

⑪（○）クラス全員が 天才だと 山田君のことを
　　　思っている。

最後補充一點。我們本問中所提到的「認識動詞構句」中，框框部分都為「表屬性」的詞彙（如：頼もしい／天才だ）。若使用「表感情」的形容詞（如：恋しい、嬉しい、悲しい），則由於表感情的形容詞在語意上並非用於講述「～を」部分的屬性，因此不屬於本題探討的「認識動詞構句」。

⑫ 私は 別れた彼女を （○恋しく／×恋しいと） 思った。
　（我很想念已經分手的前女友。）

Q32 為什麼不能講「桜が咲くと、花見に行くつもりです」?

- 「～と」的文法限制

　　「～と」與我們 Q27 所介紹的「～たら」一樣，都屬於條件句。以「Aと、B」的形式，可用於表達「只要一發生Ａ／只要做了Ａ這個動作，Ｂ這件事情一定就會跟著發生／會變成這樣的狀態」。由於含有「每次只要遇到這個狀況就會有這個結果」的含義，因此不可用於表達「單一性、一次性」的事件。

・春に　なると、暖かく　なります。
（一到了春天，就會變暖和。）

・この　ボタンを　押すと、水が　出ます。
（按這個按鈕，水就會流出來。）

　　此外，表「條件」的「～と」，其後句亦不能有說話者的「意志、命令、勧誘、許可、希望…」等表現。而「～つもりです」，正是說話者的意志表現。如果後句欲使用含有說話者的「意志、命令、勧誘、許可、希望…」等，則必須要改用 Q27 所介紹到的「～たら」。

×　桜が咲くと、花見に行くつもりです。

○　桜が咲いたら、花見に行くつもりです。
　（櫻花開了以後，我打算去賞花。）

×　食事ができると、呼んでください。

○　食事ができたら、呼んでください。
　（飯做好了後，請叫我。）

　上述將「～と」改成「～たら」的這兩句話，其改成「～たら」後的用法，正是 Q27 所提到的「確定的條件句」。也就是說，Q27 當中的例句：「春になったら、花が咲きます」，亦可改寫為本項文法「春になると、花が咲きます」。因為這句話的後面「花が咲きます」是無意志的表現，因此亦可使用「～と」，兩者意思無太大的差別。

※ 關於這個 Q&A，可於本社出版的『穩紮穩打！新日本語能力試驗 N4 文法』一書中的第 60 項文法的辨析當中學到。

Q33 什麼？「努力しているつもりです」不是「我打算努力」？

- 「～るつもり」與
「～たつもり」、
「～ているつもり」、
「名詞＋つもり」的異同

　　在日文中，若要表達自己堅定的意志，會使用動詞原形＋「つもりです」。

・事業を　成功させるために、精一杯　努力するつもりです。
（為了讓事業成功，我一定會竭盡全力努力拼！）

　　但如果「つもり」前面接續的不是動詞原形，而是表現在狀態的「～ている」或是表過去的「～た」、又或者根本不是動詞，而是形容詞或名詞呢？就像問題中提到的「努力しているつもりです」究竟是什麼意思呢？其實端看主語的人稱喔！

　　若主語為第一人稱，則是表示說話者自己「原本自己以為是 …，但實際上卻不是那個樣子」。

・よく　調べて　書いたつもりですが、間違って　いました。
（我原本以為自己查得很詳細才寫的，但卻錯了。）

・Ａ：陳君、成績落ちたね。

（Ａ：陳同學，你成績退步了耶。）

　Ｂ：すみません、自分では　努力**している**つもりなんですが。

（Ｂ：對不起，我自覺得自己已經很努力了。沒想到還是不足…）

・まだまだ　若**い**つもりで　山に　登ったら、次の日
筋肉痛で歩けなかった。

（我本來還抱著自己還很年經的心態去爬了山，結果隔天肌肉
痠痛，沒辦法走路。）

・今回の　テストは　練習**の**つもりだったので、
合格できなくても　構いません。

（因為我把這次的考試當作練習，所以不合格我也不在意。）

　若主語為第二、三人稱時，則意思是「你／他（她）自己以為
是 … 的，但我告訴你，其實不是這樣喔」。表示第二、三人稱的人
的想法跟我說話者第一人稱的想法是不同的。

・彼は　何もかも　知っ**ている**つもりだが、実は　何も
知らないんだね。

（他自以為什麼都知道，但其實他什麼也不知道。）

・あの人は　英語が　得意**な**つもりだが、言葉使いが
いい加減だね。

（那個人自以為自己英文很棒，但其實他的用字遣詞很隨便。）

・何よ、あの人。女王様のつもり？

（什麼阿，那家伙，自以為是女王阿！）

另外，若不是以「～た／ているつもりです」結尾，而是以「～たつもり（で）、～」的形式，那麼意思就又完全不一樣了。其他的用法本篇就省略不提，有興趣的同學可以參考敝社出版的『穩紮穩打！新日本語能力試驗 N3 文法』一書的第 20 單元，有詳盡的「～つもり」介紹喔。

Q34 「～だろう」與「～かもしれない」有什麼不一樣？

・「可能性」與「推測」

　　「～かもしれない」用於表達說話者對於某件事情發生的「可能性」。意思是「可能性雖不高，但有可能…」。經常會與副詞「もしかして」「ひょっとすると」等一起使用。

・まだ　間に　合うかもしれません。早く　行って　ください。
（也許還來得及。你趕快去。）

　　至於「～だろう」則是用來表達「說話者的推測」。伴隨著語尾語調下降。用於表示「對過去或未來無法確切斷定的事做推測」。也由於是推測的語氣，因此也經常與表推測的副詞「たぶん」（大概）、「きっと」（一定）等一起使用。

・田中さんは　明日のパーティーに　来るだろう。
（田中先生明天應該會來派對吧。）

　　也就是說，兩者的基本功能是不太一樣的。

如果是「互相矛盾」或「正反兩面」的兩件事情，可以使用「～かもしれない」並列表達，因為「～かもしれない」就是在講述事情的「可能性」，兩種情況都有可能會發生。

　　但這種「互相矛盾」或「正反兩面」的事情，就不可使用「～だろう」並列表達，因為「だろう」用於表達說話者「對於唯一事實的推測」。

・（○）彼はまだ家にいるかもしれないし、もう家を出た
　　　　かもしれない。
　　　　（他有可能在家，也有可能已經出門了。）

・（×）彼はまだ家にいるだろうし、もう家を出ただろう。
　　　　（× 他在家吧，或出門了吧。）

※ 關於這個 Q&A，可於本社出版的『穩紮穩打！新日本語能力試驗 N4 文法』一書中的第 62 項文法的辨析當中學到。

Q35 「雨が降りました」與「雨が降ったんです」有什麼不一樣？

- 「のだ」的基本用法

- 「関連づけ」

- 「〜んです」的敬體與常體、疑問句與肯定句

　　「〜んです」在使用上，語境上一定要有一個前提存在，而「〜んです」就是在與此前提做相呼應的一種用法（日文稱「関連付け」）。

① 昨日、雨が　降りました。
（昨天下了雨。）

② 昨日、雨が　降ったんです。
（<原來>昨天下了雨。）

　　例句①為一般的直述句，只是單純地敘述昨天下了雨這件事實。但例句②所使用的情況，則是「說話者早上睡醒看到地面上的道路濕濕的（前提）」，才反應過來昨天有下了雨，說：「あっ、昨日雨が降ったんですね」。

③ 昨日は、学校を　休みました。頭が　痛かったんです。
（昨天學校請假。因為頭痛。）

④ 昨日、頭が　痛かったです。

（昨天頭痛。）

　　例句③的「頭が痛かったんです」，用來說明前句「学校を休み
ました」的理由，述說我昨天沒去上學的理由，是因為我昨天頭痛。
但是④句僅僅表達了「昨天頭很痛」這樣子的一個事實而已。

　　「～んです」對於許多外國人學習者來說，很難理解其意義及用
法。甚至許多同學都誤以為加上了「～んです」就是表示強調。因
此，在天氣很冷時，就對著日本老師說：「先生、今日は寒いんで
すね」。這是非常常見的誤用。即便天氣再怎麼冷，由於只是單純
敘述天氣很冷，沒有任何前提可以做連結，因此只需要講「今日は
寒いですね」即可。

　　同理，如果你只是單純想問朋友某一本書好不好看，你只會問說：
「その本は面白いですか（這本書好看嗎？）」。若是看著朋友很
專注地讀著一本書，連吃飯時都在讀，你才會問說：「その本は（そ
んなに）面白いんですか（那本書有那麼好看喔？＜讓你看到廢寢
忘食＞）」。

　　順帶一提，「～んです」在「疑問句」時，敬體使用「～んで
すか」或「～のですか」的形式，常體使用「～の？」的型態。

　　在「肯定句」時，敬體使用「～んです」或「～のです」的型式，
而常體則多使用「～んだ。＜男性＞」或「～の。＜女性＞」的形式。
此外，依照說話者個別的習慣或語境，有時亦會使用「～のだ」的
形式，但使用頻率較低。

～んです（のだ）	敬體	常體
肯定	～んです ～のです	～んだ。　男性 ～の。　　女性 ～のだ。　少用
疑問	～んですか ～のですか	～の？

※ 關於這個 Q&A，可於本社出版的『穩紮穩打！新日本語能力試驗 N4 文法』一書中的第 64 項文法的辨析當中學到。

Q36 「頭が痛かったんですから、家へ帰りました」聽了老師會火冒三丈的理由！

- 「〜んです」與
  「〜んですから」的異同

- 「〜んですから」的文法限制

　　你昨天下午頭痛，於是早退回家。隔天來學校後，老師問你說為什麼昨天下午沒有看到你，你回答「頭が痛かったんですから、家へ帰りました」。然後你就看到老師一臉不爽地瞪著你…

　　這一個問題，延續我們上一個 Q35 所提到的「〜んです」。上一篇我們有提到，「〜んです」本身就有說明理由的功能，因此上一篇的例句③，欲說明昨天沒去學校的原因，就可使用「頭が痛かったんです」來回答。而其語意也等同於「頭が痛かったですから」。

・昨日は、学校を　休みました。
　頭が　（○痛かったんです／○痛かったですから）。
（昨天學校請假。因為頭痛。）

　　但，如果我們在「〜んです」的後面，又加上了另一個說明理由的「から」呢？意思恐怕就有些不一樣了。

有別於「～んです」只是用於「說話者對聽話者說明理由」；「～んですから」則是用來述說「說話者認為聽話者也應該明白這件事」，只不過聽話者雖知道，但缺乏足夠的認知，以致於無法做出正確的判斷。因此說話者才必須「再刻意挑出來點出這個理由」，因此多半帶有說話者對於聽話者埋怨、責備的語氣在。

① 今日(きょう) 学校(がっこう)を 休(やす)みます。頭(あたま)が 痛(いた)いんです。
（我今天學校要請假。因為我頭很痛。）

② 頭(あたま)が 痛(いた)いんですから、静(しず)かに してくださいよ。
（＜你也知道＞我頭很痛，拜託你安靜一點好不好！）

第①句話就只是單純地向對方說明今天不去學校的理由，是因為我頭痛。但第②句話的語境，很可能是「老婆頭痛，對著正在玩手遊，音樂開得很大聲的老公罵」。老婆認為老公應該知道自己不舒服，頭很痛。但老婆認為老公似乎缺乏認知自己現在極度不舒服，還一個人自顧自地玩手遊玩得很大聲。因此老婆不爽，再將自己頭很痛的事實重申一遍（口氣中帶有責備老公的語氣），要老公保持安靜。

再回到我們一開始「頭が痛かったんですから、家へ帰りました」的這個例句。你現在知道為什麼老師會火冒三丈了吧！因為這一句話的口氣，聽起來就像是在責備老師，說：「阿你也知道我頭痛啊，所以我就回家了」…

再來多看幾句例句，更深入掌握「～んですから」的用法。

③ 時間(じかん)が ないんだから、早(はや)く してちょうだい。
（媽媽對著兒子罵）（快一點啦，你也知道沒時間了，要出門了啦！）

④ もう大人なんだから、そんなことやめなさい。

（媽媽對著兒子罵）

（都幾歲了／你也知道自己年紀長大了，還做那種幼稚事！）

⑤ 彼が謝罪した**のだから**、いい加減和解したらどうだろう。

（既然他都已經道歉了，你也別再鬧了，就和解了吧！）

　　順帶補充一點。看了這四個「～んですから」的例句後，有沒有發現，它的後句都會是說話者的意志、命令、推測或判斷的語氣喔！

Q37 「食べれる」、「読めれる」與「書かさせる」是錯誤的講法嗎？

- 動詞可能形的「ら抜き」與「れ足す」

- 動詞使役形的「さ入れ」

　　日文動詞的「可能形」，可以用於表達「能力可能」或「狀況可能」。關於這兩種不同的用法，請同學參考弊社出版的『穩紮穩打！新日本語能力試驗 N4 文法』的第 14 單元，有詳細介紹。至於日文動詞的「正確的可能形」的改法，整理如下：

I 類動詞：

只需將字尾的「u 段音」改為「e 段音」，再加上「る」即可。
例：行く (ku) →行ける (ke る)；読む (mu) →読める (me る)

II 類動詞：

去掉語尾的「る」，再加上可能的助動詞「～られる」即可。
例：食べる→食べられる；見る→見られる

III 類動詞：

特殊活用動詞，直接將動詞整體改為「来られる」、「できる」。
例：来る→来られる；する→できる

然而，語言是活的，它會隨著使用族群的習慣而有所改變。在口語表現中，「可能形」的說法又出現了所謂的「ら抜き」（丟掉「ら」的動詞可能形）及「れ足す」（添加「れ」的動詞可能形）兩種。雖然這兩種表達方式並不是正確的文法，但卻有許多日本人如此使用，尤其以「ら抜き」，甚至經常出現在電視節目中。

　下面，就讓我們來看看口語中的動詞可能形「ら抜き」及「れ足す」的現象吧！

動詞分類		正確的可能形	ら抜き	れ足す
I 類動詞 （五段動詞）	書く	書ける		書ける
	読む	読める		読めれる
II 類動詞 （上、下一段動詞）	見る	見られる	見られる	
	寝る	寝られる	寝られる	
III 類動詞 （カ、サ行變格動詞）	来る	来られる	来られる	
	する	できる		できれる

一、何謂「ら抜き」？

　所謂的「ら抜き」，指的就是 II 類動詞（如：「見る」）與 III 類動詞（※ 註：僅「来る」會有「ら抜き」的現象）改為可能形「見られる」、「来られる」時，當中的「ら」脫落，導致「見られる」變成「見れる」、「来られる」變成「来れる」的誤用現象。然而，「ら抜き」的現象並非外國人在學習日語時所犯的錯誤，而是日語母語者在口語上的簡略化所致。因此，有許多人認為「ら抜き」的現象其實是不好的，同時也是一種錯誤。但也有人認為，這是語言在語義上的互相分擔，所演變而成的一種「進化」。

其實，早在「明治時期」，若要將Ｉ類動詞改為可能形，並不是像上述表格那樣將動詞語尾改為「e 段音」再加上「る」，而是必須先將動詞語尾改為「a 段音」後，再加上「れる」。舉例來說，若要將「書く」、「読む」改為可能形，在明治時期的用法應為「書かれる」、「読まれる」。

不過，由於這樣的用法，本身除了有「可能」的語意以外，還有「被動」以及「尊敬」的意思。因此，為了避免語義上的混淆，Ｉ類動詞才由「書かれる（kakareru）」演變為現在的「書ける（kakeru）」，也就是「-ar-」的部分被脫落掉。例如：

尊敬：先生が　書かれた　本を　読みました。
（我讀了老師寫的書。）

被動：紙に　書かれた　字を　読んでください。
（請唸一下寫在紙上的字。）

可能：英語で　手紙が　書かれる。　　明治時期的改法
　　　　　　　　　　→ 書ける。　　　現代的改法
（我會用英語寫信。）

因此，有些語言學家就認為，現代日語裡Ⅱ類動詞所發生的「ら抜き」現象，其實就跟當時在Ｉ類動詞發生的現象是一樣的。「見られる（mirareru）」變成「見れる（mireru）」，同樣是「-ar-」的部分被脫落掉。

如同前述，雖然說Ⅱ類動詞會發生「ら抜き」的現象，但實際上僅發生在五個音節以內的動詞，五個音節以上情形的鮮少發生。

四個音節的動詞可能形：見られる	→	（○）	見れる
五個音節的動詞可能形：食べられる	→	（○）	食べれる
六個音節的動詞可能形：教えられる	→	（少）	教えれる
七個音節的動詞可能形：考えられる	→	（少）	考えれる

此外，若動詞原形本身就含有「〜れる」的動詞，也不會發生「ら抜き」的現象。例如：「忘れる（原形）」改為可能形為「忘れられる（可能形）」，但往往不會再有「忘れれる（ら抜き）」的講法。

二、何謂「れ足す」？

不同於「ら抜き」的音節脫落，「れ足す（發音同萵苣的レタス）」則是音節添加，也就是將 I 類動詞的可能形加上「れ」的一種誤用。語言學家認為，這是由於 II 類動詞的可能形，一定都是以「〜れる」結尾的緣故。因此，日語母語者在使用 I 類動詞時，也泛化了這樣的文法規則，將 I 類動詞也都給加上了「れ」。

雖然也有少部分的人將這樣的泛化現象也套用到了原本就是表達「可能」的「できる」一詞，講成「できれる」，但基本上「れ足す」的現象還是集中出現於 I 類動詞當中。

「れ足す」被語言學家認為是一種錯誤，這是因為「れ足す」並不像「ら抜き」是為了避免與「尊敬」、「被動」的語義混淆而產生的演化，而是在原本就已經含有可能語義的詞彙當中，又多此一舉地加上另一個也表示可能涵義的「れ」，也就是重複的累贅。例如：「書ける（kakeru）」當中的「e」，本身就是用於表達可能的語義了，若又添加上一個「れ」，即「書けれる（kakereru）」，等於就是重複了兩個表示可能的要素了。

三、何謂「さ入れ」？

有別於出現於動詞可能形的「ら抜き」與「れ足す」，還有一種稱之為「さ入れ」的現象，專門出現於動詞使役形。

動詞分類		正確的使役形	さ入れ
I 類動詞 （五段動詞）	書^かく	書^かかせる	書^かかさせる
	読^よむ	読^よませる	読^よまさせる
II 類動詞 （上、下一段動詞）	見^みる	見^みさせる	
	寝^ねる	寝^ねさせる	
III 類動詞 （カ、サ行變格動詞）	来^くる	来^こさせる	
	する	させる	

「さ入れ」出現的理由，與「れ足す」十分相似。由於 II、III 類動詞的使役形，一定都是以「～させる」結尾，因此日語母語者在使用 I 類動詞時，亦泛化了這樣的文法規則，將 I 類動詞也都給加上了「さ」，因而得名「さ入れ」。

・秘書^{ひしょ}に　返事^{へんじ}を　書^かかせます。　　　正確的使役形
　　　　　　　　　　　書^かかさせます。　　　さ入れ
（我會叫秘書寫回信。）

「さ入れ」最常出現於表尋求許可、謙讓的「～（さ）せていただく／～（さ）せてもらう／～（さ）せてください」<small>（※註：請參考『穩紮穩打！新日本語能力試驗 N3 文法』第 67、68 項文法或同系列 N1 文法 P409）</small>當中，這是因為部分說話者認為加上「さ」之後，會讓人感到更加地禮貌以及謙遜。

當然，這也是一種文法上的錯誤。

・明日は　休ませていただきます。
　　　　　休まさせていただきます。

（明天我要請假。）

Q38 禁止形「〜な」與「〜てはいけない」有什麼不一樣？

- 禁止形使用的狀況
- 「〜てはいけない」使用的狀況

一、禁止形「〜な」多使用於下列幾種情況：

①地位或年齡在上的男性（如父親、上司、老師、前輩等），對於下位者（如小孩、下屬、學生、後輩等）發號施令或者禁止其做某事時：

- 教室_{きょうしつ}の　中_{なか}で　騒_{さわ}ぐな！

（不要在教室中吵鬧！）

②危急情況（如火災、地震）：
- 危_{あぶ}ないから　入_{はい}るな！

（很危險，不要進去！）

③交通號誌或標語：
- 芝生_{しばふ}に　入_{はい}るな！

（禁止進入草坪！）

④ 運動賽事時：

・あいつに　負（ま）けるな！

（別輸給那傢伙！）

二、「～てはいけない」，則是多用於下列兩種情況：

⑤ 一般社會常規上的禁止：

・美術館（びじゅつかん）の　中（なか）では　大（おお）きな　声（こえ）で　話（はな）しては

いけません。

（在美術館裡，不可以大聲講話。）

⑥ 針對聽話者個別的行為做禁止的動作。多為父母、老師、

上司等對於小孩、學生、下屬等發號施令禁止時使用：

・危（あぶ）ないですから、一人（ひとり）で　外（そと）へ　行（い）っては　いけません。

（因為很危險，所以你不行獨自外出。）

　第①與第⑥種情況兩者很類似，多數的場合也都可以替換。例

如：災難片中危機四伏，說話者要保護女友的狀況，就可以使用「～

な」，也可以使用「～てはいけない」。

・俺（おれ）から　離（はな）れるな／離（はな）れてはいけない。

（不可以離開我。）

　但若行為的禁止，是說話者個人的期望，而並非⑤這種規定、規

則或狀況使然時，就只能使用「～な」。例如：說話者請求女友不

要拋棄自己時，就只能使用「～な」。

・○ 俺<ruby>おれ</ruby>から　離<ruby>はな</ruby>れるな！（不要離開我！）

・× 俺<ruby>おれ</ruby>から　離<ruby>はな</ruby>れては　いけない。（不可以離開我。）

※ 關於這個 Q&A，可於本社出版的『穩紮穩打！新日本語能力試驗 N4 文法』一書中的第 72 項文法的辨析當中學到。

Q39 表原因理由的「～から」與「～ので」有什麼不一樣？

- 「～から」與「～ので」的異同

- 與「～だろう」或「～んです」併用的可否

　　一般來說，「から」偏向主觀陳述原因理由，而「ので」則是偏向客觀陳述自然形成的因果關係，且口氣較客氣。因為「ので」抑制了說話者的主觀想法，因此對聽話者來說，口氣比較沒有這麼強烈，所以較常使用於「請求」及「辯解」時。

・用事が　あるので、お先に　失礼します。
（因為我有事，所以先失禮了。）

・英語が　わからないので、日本語で　話して
　いただけませんか。
（我不懂英文，能否請你講日文呢？）

　　上面兩個例句若是使用「～から」，則語感上會有點不禮貌。此外，「から」與「ので」在使用上，還有以下三點相異點。

　　一、由於「ので」屬於比較緩和的表達方式，所以在後句部分，都不會使用「命令」以及「禁止」的形式，但「～から」則無此限制。

此外，若後句改為「〜てください」等請求的形式，就可以使用「〜ので」。

・危ない（○から／×ので）、機械に　触るな。
（很危險，不要觸摸機器。）

・危ない（○から／○ので）、機械に　触らないでください。
（很危險，請不要觸摸機器。）

　二、「〜から」可以接續在「だろう」以及「〜んです／のです」的後方，但「ので」不行。（※ 註：關於這點，請參考 Q69 的「從屬度」。）

・道が　混んでいる（○だろうから／×だろうので）、
　早めに　出発しよう。
（道路應該很塞，我們還是早點出發。）

・あの人は　（○先生なんだから／×先生なんなので）、
　知って　いると　思います。
（因為他是老師啊，所以我想他應該知道。）

　三、「〜から」可與其他助詞並用，如「〜からは」「〜からに」「〜からには」「〜からか」，而「〜ので」則不能「（×）〜のでは」「（×）〜のでに」「（×）〜のでには」「（×）〜のでか」。

※ 關於這個 Q&A，可於本社出版的『穩紮穩打！新日本語能力試驗 N4 文法』一書中的第 65 項文法的辨析當中學到。

Q40 為什麼可以講「早く寝なさいね」，但卻不能講「早く寝ろね」？

- 命令形的兩種形式

- 命令形與終助詞「ね」併用的可否

- 男性間的請求表現

　　命令形主要有兩種形式，一為比較粗暴的「～ろ」：

・早く　宿題を　しろ！

（快去做功課！）

　　一為比較高尚的「～なさい」：

・遊んで　いないで、勉強しなさい。

（不要一直玩，快去讀書！）

　　這裡先簡稱為「粗暴型」跟「高尚型」。

　　一般而言，「粗暴型」多為男性使用，且其使用的語境多跟我們在 Q38 當中所提到的「禁止形」①～④的狀況是一樣的。雖然說粗暴型多為男性使用，但如果像是 Q38 當中的第④種運動賽事那種熱血沸騰的語境時，女生是不會顧及高尚形象的，因此在運動賽事的語境下，也經常可以看到女性朋友使用「粗暴型」的「～ろ」

來為自己所支援的選手加油。

・行_いけ、行_いけ！頑張_{がん ば}れ！

（衝啊！衝啊！加油！）（男女皆可）

　　至於「高尚型」，則多為教師、母親對於學生或小孩下達指令時使用。當然，由於口氣屬於較為文雅，因此不限於女性。男性教師或醫師等，也經常使用這樣的表現來指示學生或病患。

・今日中_{きょう じゅう}に　宿題_{しゅくだい}を　出_だしなさい。

（今天之內把作業交出來！）

・この　薬_{くすり}は　１日_{にち}に　３回_{かい}　飲_のみなさい。

（這個藥一天吃三次。）

　　也由於口吻上的不同，「なさい」後方可以加上終助詞「ね」來緩和語氣，但「〜ろ」的後方則不可加上「ね」。

・早_{はや}く　（○寝なさい／×寝_ねろ）ね。

（早點睡喔。）

　　順道補充一點。若語境為男性朋友之間的請求表現（非命令），則可以使用命令形，並在後方加上「よ」。

・男性朋友之間：新_{あたら}しく　買_かった　携帯_{けいたい}、見_みせろよ。

（你新買的手機，給我看。）

※ 關於這個 Q&A，可於本社出版的『穩紮穩打！新日本語能力試驗 N4 文法』一書中的第 73 項文法的辨析當中學到。

Q41 「～（よ）う」是在講自己的意志？還是在表達邀約？

- 「邀約、提議」與「意志」

- 意向形與終助詞「よ」、「ね」併用的可否

- 「～（よ）うか」

意向形「～（よ）う」有兩種意思：

①若有說話對象存在時，用於表達說話者「邀約、提議」聽話者一起做某事。若使用於回答句中，則表示「答覆對方，首肯他的邀約、提議」。也由於說話時有說話的對象存在，因此這種用法亦可在句尾加上「よ」、「ね」。

・ああ、疲れたね。ここに 座ろう。
（哎，累了。我們這裡坐一下吧。）

・みんなで 歌を 歌おうよ。
（大家來一起唱歌吧。）

・もう 遅いから、そろそろ 帰ろう。
（已經很晚了，我們差不多也該回去了。）

・王さん、今度 一緒に ご飯 食べようね。
（王先生，下次一起吃個飯吧。）

・Ａ：あの　レストランで　少し　休まない？

（Ａ：要不要在那個餐廳稍微休息一下？）

　Ｂ：うん、そう　しよう。

（Ｂ：好啊，就這麼辦！）

　　②若沒有說話對象存在時，則多半是說話者自言自語或在內心獨白，表達自己心中的「意志」。也由於說話者並非在跟任何人講話，因此這種用法不可以在句尾加上「よ」、「ね」。

・つまらない。もう　帰ろう。

（好無聊。我回家好了。）

・ああ、眠い。そろそろ　寝よう。

（想睡了。我來睡覺好了。）

・香奈ちゃん　遅いね。もう　少し　待とう。

（香奈小姐好慢喔。我再等她一下好了。）

・道が　混んで　いるので、電車で　行こう。

（道路在塞車，我還是搭電車去好了。）

・誰も　いない。よし、１つ　食べよう。

（沒有人在。好，＜趁機偷＞吃一個。）

　　順道補充一點。若使用「～（よ）うか」的型態，則除了可以表達「說話者邀約聽話者一起做某事（兩人一起做）」以外，亦可表達「說話者提議幫聽話者做某事（說話者做）」。此時必須依前後文以及語境來判斷。

・結婚しようか。
（我們結婚吧。＜兩人一起做＞）

・少し休もうか。
（我們休息一下吧。＜兩人一起做＞）

・手伝おうか。
（我來幫你忙吧。＜說話者幫聽話者做＞）

・持とうか。
（我來幫你拿吧。＜說話者幫聽話者做＞）

※ 關於這個 Q&A，可於本社出版的『穩紮穩打！新日本語能力試驗 N4 文法』一書中的第 75 項文法當中學到。

Q42
不是說「命令形」與「意向形」只能用在「意志動詞」嗎？

・可使用於「命令形」及「意向形」的無意志動詞

・「鼓勵」與「努力」

Q40 所提到的「命令形」與 Q38 所提到的「禁止形」，只能使用於有意志性的動詞上（關於意志動詞，請參考 Q14）。若動詞為「わかる」、「できる」、「ある」…等無意志動詞，則不可使用命令形（語意上有問題）。

・（×）早く わかれ！

（不懂的東西就是不懂，不會因為上司命令你就秒懂）

但其實仍有少數的無意志動詞，是可以使用命令形的。

例如：「元気を出す」、「泣く」等。「提起精神、哭泣」等字眼，應該算是無意志的行為，因為這些動作並不是意志上那麼容易說哭就哭，說提起精神就會有精神的。應該說，這些動詞算是處於「意志動詞」與「無意志動詞」的界線邊緣。說是無意志呢？它也不見得完全是無意志，說是有意志呢，它的意志性又不是那麼地強，但多少又帶有點微弱的意志性。像是這樣的動詞，若使用命令或禁止形時，則語意則偏向「鼓勵」，而非強烈的「命令」。

- （○）元気を 出せ！
  （打起精神來！）

- （○）泣くな！
  （別哭了！）

　至於 Q41 所提到的「意向形」，原則上也是只能使用於有意志性的表現上。若動詞為「わかる」、「できる」、「ある」…等無意志動詞，也是不可以使用命令形的（語意上有問題）。

- （×）この問題、わかろう。
  （不懂的東西就是不懂，不會因為邀約，對方就會懂。）

　雖這麼說，但仍有少數幾個無意志動詞，如：「忘れる」是可以使用意向形的。但這樣的無意志動詞，若是使用意向形，就不是用來表達「邀約」或「意志」，而是朝向此動作實現上的「努力」之意。

- （○）あんな 奴、忘れよう。
  （那種人，把他忘了吧。）

※ 關於這個 Q&A，可於本社出版的『穩紮穩打！新日本語能力試驗 N4 文法』一書中的第 72 項文法以及第 75 項文法的辨析當中學到。

Q43 「預かる」與「預ける」是自動詞與他動詞的對應嗎？

- 「自動詞」與「他動詞」
- 「自他對應」
- 「預かる」與「預ける」的用法

　　動詞又分成自動詞（不及物動詞）與他動詞（及物動詞）。所謂的自動詞，指就是「描述某人的動作，但沒有動作對象（受詞）」的動詞，又或者是「描述某個事物狀態」的動詞。主要以「Aが（は）動詞」的句型呈現。所謂的他動詞，指的就是「描述某人的動作，且動作作用於某個對象（受詞）」的動詞（有些他動詞，其對象的狀態會產生變化）。主要以主要以「Aが（は）　Bを　動詞」的句型呈現。

　　自動詞：不及物，也就是不會有受詞「〜を」。
　　　　　　句型為「Aが　動詞」。

　　他動詞：及物，也就是一定要有受詞「〜を」。
　　　　　　句型為「Aが　Bを　動詞」。

　　自他動詞當中，有些動詞的自動詞與他動詞有互相對應的形式。其中，有一種對應形式為「〜aる（自）⇄〜eる（他）」，如：「かかる⇄かける」、「上がる⇄上げる」、「始まる⇄始める」…等。

・ 鍵が　かかる。　　⇄　　私が　鍵を　かける。

（鎖是鎖著的）　　　　　　　（我把鑰匙鎖上）

・ 給料が　上がる。　⇄　　社長が　給料を　上げる。

（薪水上漲）　　　　　　　　（社長調薪）

「預ける」與「預かる」看似上述的自他動詞對應的形式，但其實兩個字都是「他動詞」喔！

「預ける」為「寄放」之意，使用「Ａが（は）　物を　Ｂに　預ける」的結構，來表達「Ａ將某物寄放在Ｂ那裡（東西在Ｂ那裡）」。

・私は　お金を　銀行に　預けた。

（我把錢存／寄放在銀行。）

「預かる」則為「保管」之意，使用「Ａが（は）　Ｂから　物を　預かる」的結構，來表達「Ａ保管從Ｂ那裡收到的某物（東西在Ａ那裡）」。

・私は　親から　お金を　預かった。

（我幫雙親保管金錢。）

因此當你在飯店，想請櫃檯幫你保管行李時，會講

・すみませんが、荷物を　預かって　もらえますか。

（不好意思，能請你幫我保管行李嗎？）

※ 關於這個 Q&A，可於本社出版的『穩紮穩打！新日本語能力試驗 N4 文法』一書中的第 78 項文法與第 79 項文法的辨析當中學到。

Q44 為什麼可以講「お金をあげよう」但就是不能講「お金をくれよう」呢？

- 「あげる」、「もらう」與「くれる」

- 授受動詞與意向形併用的可否

　　為什麼可以講「お金をあげよう」、「お金をもらおう」，但就是不能講「お金をくれよう」呢？要回答這個問題前，要先了解日文的授受表現。

　　日文的授受表現系統與中文有所不同，依照方向性的不同，有這三個詞。

　　①「あげる」：可用於「說話者給出去」。

- 私は　あなたに　お金を　あげます。
（我給你錢。）

- 私は　李さんに　辞書を　あげました。
（我給李先生字典。）

　　②「もらう」：則可用於「說話者從別人那裡收進來」。

・私は あなたに／から お金を もらいます。

（我從你那裡得到錢。）

・私は 李さんに／から 雑誌を もらいました。

（我從李先生那裡得到雜誌。）

③：「くれる」用於「他人給我或我方的人」。

・あなたは 私に お金を くれますか。

（你給我錢嗎？）

・李さんは 私に 雑誌を くれました。

（李先生給了我雜誌。）

「あげます」與「もらいます」，由於可以用於說話者的動作，因此可以搭配意向形使用，來表達說話者自己的意向。但由於「くれます」一定是他人的動作，說話者無法控制或得知其意願，因此「くれます」無法搭配意向形使用。

・（○）これ、もう 要らないから、田中君に あげよう。

　　　（這個已經不要了，就給田中吧。）

・（○）おばあちゃんから お小遣いを もらおうっと。

　　　（我要來跟奶奶討零用錢！）

・（×）花子ちゃんは 本を くれよう。

※ 關於這個 Q&A，可於本社出版的『穩紮穩打！新日本語能力試驗 N4 文法』一書中的第 82 項文法的辨析當中學到。

Q45 什麼？「～てあげる」的動作接受者，不一定是使用「に」？

- 「本動詞」與「補助動詞」

- 「～てあげる」的助詞規則

- 恩惠的接受者

　　當我們要表達「行為上的授受（說話者為對方做某行為）」時，會使用補助動詞「～てあげる／てやる」，用於表達給予「行為」上的幫助。大部分的情況，動作的接受者，就比照動詞「あげる」時，使用「～に」來表達即可。

・私_{わたし}は　友達_{ともだち}に　お金_{かね}を　貸_かしてあげました。

（我借錢給朋友。）

　　但仍有某些情況，動作的接受者不可以使用「～に」。

　　例如：帶朋友去機場，必須要講成「（○）友達を空港まで連れて行ってあげました」，不可以講成「（×）友達に空港まで連れて行ってあげました」。

　　「幫妹妹看她的功課」，也必須要講成「（○）妹の宿題を見てあげました」，不可以講成「（×）妹に宿題を見てあげました」。

規則如下：

　①若本動詞（〜て前方的動詞部分）的動作接受者，本身就是使用「を」或「と」的，那麼接受者的部分，就必須比照原本的助詞，使用「を」或「と」。

・<ruby>子供<rt>こども</rt></ruby>を　<ruby>褒<rt>ほ</rt></ruby>める
→よく　できた　<ruby>子供<rt>こども</rt></ruby>（×に／○を）　<ruby>褒<rt>ほ</rt></ruby>めて　あげます。
（我會誇獎那些做得很好的小孩。）

・<ruby>友人<rt>ゆうじん</rt></ruby>を　<ruby>空港<rt>くうこう</rt></ruby>まで　<ruby>連<rt>つ</rt></ruby>れて　<ruby>行<rt>い</rt></ruby>く
→<ruby>友人<rt>ゆうじん</rt></ruby>（×に／○を）　<ruby>空港<rt>くうこう</rt></ruby>まで　<ruby>連<rt>つ</rt></ruby>れて　<ruby>行<rt>い</rt></ruby>って　あげた。
（我帶朋友去機場。）

・<ruby>犬<rt>いぬ</rt></ruby>と　<ruby>遊<rt>あそ</rt></ruby>ぶ
→<ruby>暇<rt>ひま</rt></ruby>だから、<ruby>犬<rt>いぬ</rt></ruby>（×に／○と）　<ruby>遊<rt>あそ</rt></ruby>んで　やった。
（因為很閒，所以我跟小狗玩。）

　②若物品或事物本身不是屬於行為者的，而是屬於行為接受者的，那麼，接受者部分的助詞就會使用「の」。

・<ruby>私<rt>わたし</rt></ruby>は　（×<ruby>妹<rt>いもうと</rt></ruby>に／○<ruby>妹<rt>いもうと</rt></ruby>の）　<ruby>宿題<rt>しゅくだい</rt></ruby>を　<ruby>見<rt>み</rt></ruby>てあげました。
（我幫妹妹看她的功課。）

・<ruby>私<rt>わたし</rt></ruby>は　（×<ruby>友達<rt>ともだち</rt></ruby>に／○<ruby>友達<rt>ともだち</rt></ruby>の）　<ruby>机<rt>つくえ</rt></ruby>を　<ruby>拭<rt>ふ</rt></ruby>いてあげました。
（我幫朋友擦他的桌子。）

③另外，像是「電気をつける」、「窓を開ける」、「調べる」等動詞，本動詞的動作原本就是沒有接受對象者「に」的，這時使用「～てあげます」時，動作的接受者（受益者）就必須使用「～のために」來表示。

・電気を　つける
→勉強している　妹のために、電気を　つけて　あげた。
（我為了正在讀書的妹妹，開了燈。）

・窓を　開ける
→暑いから、犬のために、窓を　開けて　あげた。
（因為很熱，所以我為了小狗，開了窗戶。）

・調べる
→一人暮らしを　始める　弟のために、色々　調べて
あげた。
（我為了即將開始獨居生活的弟弟，查了很多資訊。）

順帶補充一點。「～てあげる」這種表達方式帶有「說話者施予接受者恩惠」的含義在，若聽話者同時等於是接受者時，則會有尊大的語感。依語境可能會有不恰當的情況。

・（先生に）先生、傘を貸してあげます。
（對著老師說：老師，這雨傘借給你。）

上面這一句話，聽話者同時等於接受者，但由於其身份是老師，因此這樣的描述方式就有如施與恩惠給老師，因此不恰當。建議改為「先生、傘を貸しましょうか／お貸ししましょうか」。

- （友達に）傘、忘れたの？仕方ないなあ。貸してあげるよ。

  （對著好朋友說：你忘了帶傘喔？真拿你沒辦法。借你啦。）

　　上面這一句話，聽話者同時等於接受者，而由於其身份為說話者的好朋友，因此使用這種同儕間施與恩惠表達友好、親密的方式並沒有問題。

- （同僚に）部長が傘を忘れたから、貸してあげたの。

  （對著同事說：因為部長忘了帶傘，所以我借給他了。）

　　上面這一句話，聽話者為同事，但接受者為部長。聽話者與接受者不同人時，說明自己施與恩惠給予部長，這樣的表達方式則沒有問題。

　　最後補充一點。上述的助詞使用規則，一樣可以對應到「～てくれる」的句型上。詳細請參考本社出版的『穩紮穩打！新日本語能力試驗 N4 文法』之第 86 項文法的辨析部分。

※ 關於這個 Q&A，可於本社出版的『穩紮穩打！新日本語能力試驗 N4 文法』一書中的第 84 項文法的辨析當中學到。

Q46 「～てあげてください」到底是誰給誰？

- 「～てあげてください」、
  「～てあげてくれない？」與
  「～てあげてくれ」的用法

　　此問延續上面兩個問題 Q44～Q45，討論關於日語中的授受表現。日文的授受動詞有三組：「あげる、もらう」與「くれる」。前著兩組的動作者為我（或我方）；後者動作者為他方。而若要描述行為上的授受，則是使用其補助動詞的型態「～てあげる」、「～てもらう」以及「～てくれる」。

　　三組授受動詞，就已經夠讓人頭痛了，但如果將兩個授受動詞混在一起使用，如本問要講的「～てあげてください」時，更是會讓學習者搞不清楚。這篇就來針對「～てあげてください／～てあげてくれ／～てあげてくれない？」這種表達方式來解說吧。

・山田さん、この本を　陳さんに　持って　行って
　あげて　くれないか？読みたいって　言っていたから。
　（山田先生，能不能幫我把這們書拿去給小陳呢？他說他
　　想讀。）

　　當同學看到像上面這樣，連續用了兩個授受表現的句子時，先別

慌張。只要記住下面這個小訣竅就可以了。就是：「這類的句型，句尾的授受動詞，一定是對著聽話者講的」。

也就是說，基本上，會使用到這個句型，句中至少會有三個人。我（說話者）、山田先生（聽話者）、小陳（句中提到的第三者）。

本句型最後以「～くれないか」結尾，表示說話者「我」，請求聽話者「山田先生」去做某事（我對山田先生的請求）。而再前一個的「～てあげて」，則是要施予給句中提到的第三者「小陳」的恩惠。

因此，當「說話者（我）希望聽話者（山田）能夠為了句中提到的第三者（小陳）去做某事」時，就會使用到此句型。

・お父さん、あの子は　随分　頑張ったから、せめて
　一言でも　褒めて　あげて　ください。
（孩子的爹阿，那孩子已經很努力了，請你至少也說聲獎勵
　的話給他聽嘛。）

接下來，再來看看上述這一句話。從上述前後文，我們可以推測出，這是「媽媽對著爸爸講的話」。最後面的「～てください」，就是媽媽（說話者）對爸爸（聽話者）的請求。而「～褒めてあげて」，則是要施予給那孩子（句中提到的第三者）的恩惠。

再多看兩個例句：

・小さい子供は　自分では　できないので、側で
　見て　あげて　ください。
（因為小孩子自己辦不到，所以請你在旁邊看著他。）

・鈴木君、新入社員に　今回のプロジェクトに　ついて
説明して　あげて　くれ。

（鈴木，請你為新進的員工說明這次的企劃案。）

　　像是上述這樣使用到兩個授受表現的句型，其他還有「～てもら
ってください」。有興趣的朋友，可以參考弊社出版的『穩紮穩打！
新日本語能力試驗 N3 文法』的第 11 單元，有更完整的說明喔。

Q47 什麼叫做「所有物被動」？

　　所謂的「所有物被動」，指的是在被動句中，接受動作影響的，並不是接受者這個人整體，而是接受者這個人的身體一部分、所有物、又或者是他的兒子、女兒、部下等從屬者接受動作。

　　要將主動句改為所有物被動時，會將主動句的「Ａが（は）」、「Ｂの所屬物を（に）」兩個補語拆成「Ａ」、「Ｂ」、「所屬物」三個補語，變成「Ｂが（は）」「Ａに」「所屬物を」的形式。

・（主動句）花子が　一郎の足を　　　　踏んだ。
　　　　　（花子踩了一郎的腳。）

・（被動句）一郎が　花子に　足を　　　踏まれた。
　　　　　（一郎被花子踩了腳。）

　　能夠改為「所有物被動」形式的，主要為①「身體一部分」、②「所有物」以及③「從屬者、關係者」等三種情況。其中，①「身體一部分」的語境，一定得使用本項文法「所有物被動」，不可使

174

用直接被動的形式。

① （主動句）　　　　花子（はなこ）が　　　　一郎（いちろう）の足（あし）を　　　　　踏（ふ）んだ。

　（所有物被動）○ 一郎（いちろう）が　　　花子（はなこ）に　 足（あし）を 　　 踏（ふ）まれた。

　（直接被動）　× 一郎（いちろう）の足（あし）が　花子（はなこ）に　　　　　踏（ふ）まれた。

※ 翻譯依序為
主動句　　 ：花子踩了一郎的腳。
所有物被動：一郎被花子踩了腳。

　　但若為②「所有物」或是③「從屬者、關係者」的語境，則既可使用「所有物被動」的形式，亦可使用「直接被動」的形式。

② （主動句）　　　　一郎（いちろう）が　　花子（はなこ）の手紙（てがみ）を　　　　　読（よ）んだ。

　（所有物被動）○ 花子（はなこ）が　一郎（いちろう）に　 手紙（てがみ）を 　　 読（よ）まれた。

　（直接被動）　○ 花子（はなこ）の手紙（てがみ）が　一郎（いちろう）に　　　　読（よ）まれた。

主動句　　 ：一郎讀了花子的信。
所有物被動：花子被一郎讀了信。
直接被動　 ：花子的信被一郎讀了。

③ （主動句）　　　　先生（せんせい）が　　私（わたし）の息子（むすこ）を　　　　　褒（ほ）めた。

　（所有物被動）○ 私（わたし）は　　　先生（せんせい）に　 息子（むすこ）を 　　 褒（ほ）められた。

　（直接被動）　○ 私（わたし）の息子（むすこ）が　先生（せんせい）に　　　　　褒（ほ）められた。

※ 翻譯依序為
主動句　　 ：老師誇獎我兒子。
所有物被動：我被老師誇獎了兒子。
直接被動　 ：我兒子被老師誇獎了。

上述②「所有物」或是③「從屬者、關係者」兩種語境時，若使用「所有物被動」的形式，則語感上帶有主詞（被…的人）間接受到這件事情影響的成分比較高（因為這件事情的發生，影響到主詞，使主詞感到困擾或者開心）。若使用「直接被動」的形式時，語感上則比較偏向單純描述一件事情，感覺上主詞並無因此而受害或受益。

※ 關於這個 Q&A，可於本社出版的『穩紮穩打！新日本語能力試驗 N4 文法』一書中的第 90 項文法的辨析當中學到。

Q48 什麼叫做「我被雨下了」（雨に降られた）？

- 何謂「間接被動」

- 自動詞與他動詞的間接被動

　　本題問題中的被動表現「雨に降られた」，又稱作是「間接被動」。指的是一件事情的發生，「間接」影響到某一個人。而且這個影響，多半帶給此人困擾。

　　例如：「雨が降る」（下雨）這件事，並不是直接作用在某個人身上，因此就這句話的主動句而言，僅有「～Aが（は）」這個補語。若我們要表達「下雨」這件事，間接影響到了我的行程，為了強調「我」受害，因此在間接被動時，會將受害者放在主語的位置，以「人が（は）　Aに」的形式來表達。也因此，間接被動會比主動句時，還要多出一個補語，多出了受害者這個補語。也由於間接被動又帶有受害的語意，因此又稱作「迷惑の受身（添麻煩的被動）」。

- （主動句）　　　　　雨が　　降る。（下雨。）
  （間接被動）　私は　　雨に　　降られる。
  （因為下雨，而我很困擾。）

178

- （主動句）　　　　　　父親が　死んだ。（父親死亡。）

  （間接被動）彼は　　父親に　死なれた。

  （因為爸爸死了，所以他很困擾。）

- （主動句）　　　　　　友達が　遊びに　来た。（朋友來玩。）

  （間接被動）太郎は　友達に　遊びに　来られた。

  （因為朋友來了，太郎很困擾。＜也許明天要考試，
  他想好好讀書。＞）

　　順道一提。並非只有上述的「自動詞」才可以改為間接被動，
「他動詞」亦有間接被動的形式。同樣是會多出一個補語，將受害
者放在主語的位置：

- （主動句）　　　　　　　　カラスが　ゴミを　荒らした。

  （間接被動）住民は　カラスに　ゴミを　荒らされた。

※ 翻譯依序為

主動句　：烏鴉亂翻垃圾。

間接被動：居民被烏鴉翻垃圾。

　　如上例，主動句為「烏鴉亂翻垃圾（他動詞）」。而這一件事
情間接影響到了「周遭居民」的生活（居民受到烏鴉亂翻垃圾之苦），
因此必須將「居民」點出，放在被動句主語的位置，表示受害者之
意。而加害者烏鴉，就使用助詞「に」表示。

※ 關於這個 Q&A，可於本社出版的『穩紮穩打！新日本語能力試驗 N4 文法』一書中的第 91 項文法的辨析，
以及『穩紮穩打！新日本語能力試驗 N3 文法』一書中的第 54 項文法當中學到。

Q49 什麼叫做「無情物被動」？

- 無情物被動

- 生產、發現語意動詞的被動

- 「定指物」前移至句首當主題

　　Q47 我們學到了「所有物被動」，它改被動句時，會將所有物補語一拆為二，增加一個補語。Q48 我們學習到了「間接被動」，它改被動句時，會將受害者明確點出，因此也會增加一個補語。而我們這裡的「無情物被動」，其結構與用法就跟「直接被動」一樣，不須增加任何補語，直接將主動句的「Aが　Bを」改成被動句的「Bが　Aに」即可。

- （主動句）**先生が** **太郎を** 叱った。（老師罵太郎。）
　（被動句）**太郎が** **先生に** 叱られた。（太郎被老師罵。）

　　上例為「直接被動」的例句。「Aが　Bを」當中，A、B兩個補語皆為「人（有情物）」。而我們本問要學習的「無情物被動」，B則為物品等「無情物」。

- （主動句）　　**世界中の人が** **この本を** 読んでいる。
　（無情物被動）**この本は** **世界中の人に** 読まれている。

※ 翻譯依序為

主動句　　　：世界上的人讀這本書。

無情物被動：這本書被世界上的人閱讀。

・（主動句）　　　多くの人が　　新宿駅を　利用している。

　（無情物被動）　新宿駅は　多くの人に　利用されている。

※ 翻譯依序為

主動句　　　：許多人使用新宿車站。

無情物被動：新宿車站被許多人所利用。

　　需要特別注意的是，如果動詞為「作る、建てる、書く、発明する、発見する、制作する」…等含有生產、發現語意的動詞，則主動句「Aが　Bを」改為無情物被動時，會使用「Bが　Aによって　動詞（ら）れる」的形式。生產／發現者會使用複合助詞「によって」。（※ 註：粗體字標示的人，為動作施行者。）

・（主動句）　　　エジソンが　　電球を　発明した。

　（無情物被動）　電球は　エジソンによって　発明された。

※ 翻譯依序為

主動句　　　：愛迪生發明燈泡。

無情物被動：燈泡由愛迪生所發明。

　　此外，「無情物被動」中，若動作者 B 不重要、或者不知道是誰，則多半會將其省略。這點跟 Q47 跟 Q48 所學的被動不一樣，「所有物被動」與「間接被動」都是增加補語，但「無情物被動」反而是減少補語。

・誰かが　机に　パソコンを　　　置きました。

　机に　パソコンが　誰かに　置かれました。

181

（某人在桌上放了電腦。→桌上被放置了一台電腦。）

・<ruby>先生<rt>せんせい</rt></ruby>が　<ruby>問題用紙<rt>もんだいようし</rt></ruby>を　<ruby>学生<rt>がくせい</rt></ruby>の<ruby>前<rt>まえ</rt></ruby>に　　　　　<ruby>配<rt>くば</rt></ruby>った。

　　　　<ruby>問題用紙<rt>もんだいようし</rt></ruby>が　<ruby>学生<rt>がくせい</rt></ruby>の<ruby>前<rt>まえ</rt></ruby>に　~~<ruby>先生<rt>せんせい</rt></ruby>に~~　<ruby>配<rt>くば</rt></ruby>られた。

（老師把考卷發到學生面前。→考卷被發到了學生面前。）

・<ruby>誰<rt>だれ</rt></ruby>かが　エジプトで　<ruby>新<rt>あたら</rt></ruby>しいピラミッドを　<ruby>発見<rt>はっけん</rt></ruby>した。

　　　エジプトで　<ruby>新<rt>あたら</rt></ruby>しいピラミッドが

　　~~<ruby>誰<rt>だれ</rt></ruby>かによって~~　　<ruby>発見<rt>はっけん</rt></ruby>された。

（某人在埃及發現金字塔。→在埃及有個新的金字塔被發現了。）

　　順帶補充一點。若無情物被動句中的「B」為定指 (※ 註：本題為指特定的小說：「この小説」)，就會將被動句中的「B が」改為「B は」，並往前移至句首當主題。關於這點，請同學可以參考 Q03 的說明。

・300 <ruby>年前<rt>ねんまえ</rt></ruby>に　<ruby>誰<rt>だれ</rt></ruby>かが　この<ruby>小説<rt>しょうせつ</rt></ruby>を　　　　　　　<ruby>書<rt>か</rt></ruby>いた。

？ 300 <ruby>年前<rt>ねんまえ</rt></ruby>に　　　　　　　この<ruby>小説<rt>しょうせつ</rt></ruby>が　~~<ruby>誰<rt>だれ</rt></ruby>かによって~~　<ruby>書<rt>か</rt></ruby>かれた。

（某人在 300 年前寫了這部小說。

　→ 300 年前這部小說被寫了出來。）

→この<ruby>小説<rt>しょうせつ</rt></ruby>は　300 <ruby>年前<rt>ねんまえ</rt></ruby>に　<ruby>書<rt>か</rt></ruby>かれました。

（這部小說於 300 年前被寫了出來／這部小說完成於 300 年前。）

(※ 註：將「この小説が」移至句首作為主題)

Q50 「食べられる」，是「敢吃」、「被吃」、還是「上位者吃」？

- 「可能」、「被動」與「尊敬」的識別法

- 「可能動詞」與「動詞可能形」

　　助動詞「～（ら）れる」既可以表達「尊敬」，又可以表達「被動」。這點，我們在 Q37 也稍微提過。此外，它也是 II 類動詞（上、下一段動詞）的「可能」形。而這三者，在外觀形態上是一模一樣的，因此光看動詞部分，很難辨別出它到底是屬於「尊敬」、「被動」還是「可能」。唯一分辨的方法，就是必須從句子的構造來推測。

　　若是「可能句」的話，動作主體會以「～は」或「～には」來表示，而對象則是以「～が」或「～を」表示。

可能句：
- 太郎は　刺身が　食べられる。　　　（太郎敢吃生魚片。）
　太郎は　刺身を　食べられる。　　　（太郎敢吃生魚片。）
　太郎には　刺身が　食べられない。　（太郎不敢吃生魚片。）

　　可能句時，只會是一個人的行為。若句中同時有動作對象「～が（は）」以及動作主體「～に」兩人牽扯其中時，即為「被動句」。

被動句：
・太郎は　怪獣に　　　　　　食べられた。（太郎被怪獸吃掉了。）
太郎は　怪獣に　足を　食べられた。

（太郎被怪獸吃掉了腳。）

　　而「尊敬句」中，可以僅描述一個人的行為（甚至不需要對象）。但這個人的身份地位，必須要是社長、老師、客戶…等需要使用尊敬語的對象。

尊敬句：
・社長は　　　　　　帰られました。（社長回去了。）
部長は　　　　　　休まれました。（部長休息了。）
先生は　刺身を　食べられました。（老師吃了生魚片。）

　　順道補充一點。由於「尊敬」的用法，就只是把動詞加上「尊敬」的語意而已，因此如果動詞為動作性動詞（參考 Q19 ～ Q20），它的現在式（動詞原形／ます形）就是在講「未來事」。若是「可能」的用法，由於所有的可能動詞（或動詞改為可能形）皆為狀態性動詞，因此即便像是「吃」這種動作性動詞，一旦改為可能動詞後，「食べられる」它就是狀態性動詞。因此上述的「太郎は　刺身が　食べられる」現在式（動詞原形／ます形），就是在講「現在的狀態」（太郎現在敢吃生魚片）。

　　就像這樣，即便「～（ら）れる」的用法很多元，但還是可藉由句子的前後文，或者人物的身份，來推測出這一句話到底是「敢吃（可能）」、「被吃（被動）」還是「上位者吃（尊敬）」。

　　最後，補充說明一個文法用語。

所謂的「可能動詞」，指的就是我們在 Q37 中所學習到的，Ｉ類動詞（五段動詞）改為可能形的動詞，如「行く→行ける」。「行ける」就稱為「可能動詞」。會有「可能動詞」這樣一個全新的名稱，是因為語言學家們認為「行ける」，是由原本的動詞「行く」所衍生而來的，算是一個全新的詞彙。

　　而所謂的「動詞可能形」，則只是動詞的後方，加上助動詞「～（ら）れる」而來的而已，並不是一個全新的語彙，因此稱作「可能形」。而我們在 Q37 所學到的，Ｉ類動詞明治時期的講法「行く→行かれる」，也因為它就是附加上助動詞而來的表達方式，因此「行かれる」算是「動詞可能形」，而不是「可能動詞」。

動詞分類		動詞可能形 (加上「～（ら）れる」)	可能動詞
Ｉ類動詞 （五段動詞）	行く	行かれる （現代幾乎不使用）	行ける
	読む	読まれる （現代幾乎不使用）	読める
ＩＩ類動詞 （上、下一段動詞）	見る	見られる	無
	寝る	寝られる	無
ＩＩＩ類動詞 （カ、サ行變格動詞）	来る	来られる	無
	する	される （現代幾乎不使用）	できる

※ 關於這個 Q&A，可於本社出版的『穩紮穩打！新日本語能力試驗 N4 文法』一書中的第 98 項文法的辨析當中學到。

Q51 到底是「太郎<ruby>に<rt>たろう</rt></ruby>行<ruby>い<rt></rt></ruby>かせる」還是「太郎<ruby><rt>たろう</rt></ruby>を行<ruby>い<rt></rt></ruby>かせる」？

・使役對象的助詞「に」與「を」

・「見させる」與「見せる」

　　所謂「使役」，就是指使它人去完成某項工作或是任務。日文將直述句改為使役句時，使役的對象應該使用助詞「を」還是「に」？這個問題總是讓學習者困惑不已。其實，應該使用哪一個助詞，跟動詞是自動詞還是他動詞（「自他動詞」請參考 Q43）有很大的關聯喔。

① a. 　　太郎が　英語を　習う。　　　　他動詞、直述句
　 b. 父が　太郎に　英語を　習わせる。　他動詞、使役句

（爸爸讓／叫太郎學英文）

② a. 　　太郎が　　　アメリカへ　行く。　　自動詞、直述句
　 b. 父が　太郎に／を　アメリカへ　行かせる。自動詞、使役句

（爸爸讓／叫太郎去美國）

　　a 為直述句，b 為使役句。上面兩句例句所使用的動詞分別為：

①「習う」他動詞；②「行く」自動詞。若我們要分別將其改寫為使役句，來敘述「學英文」以及「去美國」這兩個行為，都是爸爸要太郎做的。那麼，①使用他動詞的句子，只要將 a 直述句的主語「太郎が」改為 b 使役句「太郎に」即可。這是因為他動詞的直述句裡，本身已經有使用到助詞「を」了（這裡為「英語を」）。為了避免使役句裡出現兩個「を」，使役的對象（這裡為「太郎」），就只能選擇助詞「に」。

　但②的直述句為自動詞時，由於自動詞並不會有表目的語的「～を」，因此使役的對象「太郎」可以選擇「を」，亦可選擇「に」。若選擇「に」，也就是「太郎に　行かせる」的話，語意偏向「允許」，意思是「爸爸有考量到太郎的意志，太郎想去，所以允許他去」。但若選擇「を」，也就是「太郎を行かせる」的話，則語意偏向「強制」，意思是「爸爸不管太郎想不想去，就是一定要他去」。

他動詞 使役句	父が　太郎に　英語を　習わせる。	無特殊語意
自動詞 使役句	父が　太郎に　アメリカへ　行かせる。	語意偏向「允許」
	父が　太郎を　アメリカへ　行かせる。	語意偏向「強制」

　如前述② b，自動詞改使役句時，使役的對象若使用「に」，則會有「允許」的含義在。而如果這個自動詞本身是「無意志動詞」或「主語為無情物」時，還使用「尊重對方意願」的「に」就會顯得很矛盾。

　③ 太郎は　面白い話を　して、みんなを　笑わせた。
　（太郎講了有趣的話題，逗得大家哈哈大笑。）

④ 冷凍庫で　氷を　凍らせる。
（用冷凍庫來把冰塊結凍。）

③為感情的誘發。「大家哈哈大笑」是無意志的動作，並不是「太郎允許大家笑，大家才笑」。④的「讓冰結凍」，則是因為冰塊本身為「無情物」，所以不是「允許冰塊結凍，它才結凍的」，因此上述兩種情況若使用偏向允許的「に」就不太合適。因此這樣的使役句中，使役的對象就只能使用「を」。

此外，若我們在句子中使用含有「強制語意」的「副詞」（這裡為「無理矢理<逼迫>」），則無論使役的對象是使用「に」或「を」都會有強制的語意。如⑤，無論選擇哪個助詞，都一定是「強制小孩去補習班」的意思。

⑤ 嫌がる子供に／を　無理矢理　塾へ　行かせた。
（將不想去補習的小孩硬是拖去補習班。）

正因為自動詞改使役句時，使役的對象若使用「に」，會有上述許多限制，因此在教學上，會為了避免初學者誤用，老師會直接教導學生將自動詞的直述句改使役句時就使用「を」。這可不是老師教錯喔！

自動詞的使役句之助詞限制	太郎は面白い話をして、みんなを笑わせた。	無意志動詞的使役句，助詞用「を」。
	冷凍庫で氷を凍らせる。	動作主體為無情物，助詞用「を」。
	嫌がる子供に／を無理矢理塾へ行かせた。	句裡有強制語意的副詞，助詞不管使用「に」或「を」都會有強制的語意。

最後補充一個常見的問題。關於「着させる、見させる」與「着せる、見せる」的不同：

「着る」與「見る」這兩個動詞為他動詞，若將其改為使役形，則分別為「着させる」、「見させる」，如⑥及⑦。

⑥ 母は　妹に　服を　着させた。
（媽媽讓妹妹穿衣服。）

⑦ 先生は　生徒に　答えを　見させた。
（老師讓學生看答案。）

由於使役句中，使役的對象即是動作者，因此可以得知，本文初頭的① b 裡，做「學英文」這個動作的人是太郎。以此類推，⑥應解釋為「媽媽讓妹妹穿衣服，做穿衣服這個動作的是妹妹」，而⑦應解釋為「老師允許學生看答案，拿答案起來看的人是學生」。

⑧ 母は　妹に　服を　着せた。
（媽媽幫妹妹穿衣服。）

⑨ 先生は　生徒に　答えを　見せた。
（老師拿答案給學生看。）

至於「着せる」與「見せる」這兩個動詞，就只是一般的他動詞，並非使役形，因此行為的動作者就是主語位置「～は」的人。因此上述兩例，做動作的人並不是妹妹也不是學生。也就是說，⑧應解釋為「媽媽拿起衣服，穿在妹妹身上（媽媽做動作）」。⑨應解釋為「老師秀出答案給學生看（老師做動作）」。

⑩ 人形に　服を　着せた。

（幫人偶穿衣服。）

所以，當你幫人偶穿衣服時，就只能使用「着せる」，除非是在演恐怖片，否則不會使用「着させる」（允許人偶自己動手穿衣服）喔。

使役句	母は　妹に　服を　着させる。	動作者是妹妹
	先生は　生徒に　答えを　見させる。	動作者是學生
非使役	母は　妹に　服を　着せる。	動作者是媽媽
	先生は　生徒に　答えを　見せる。	動作者是老師

Q52 「乗客を降ろした」跟「乗客を降りさせた」有什麼不一樣？

- 「他動詞」與「自動詞的使役」
- 「無對自動詞」與它的使役形
- 「無對他動詞」與它的被動形

日文中，成雙成對的自他動詞，存在著對應的關係。如：

- 本が　本棚に　並んでいる。　　　並ぶ：自動詞
- 私が　本を　本棚に　並べる。　　並べる：他動詞

※ 翻譯依序為

自動詞句：　書排在書架上。

他動詞句：我把書排在書架上。

而若將「自動詞」改成「使役形」，其語意其實跟它使用「他動詞」的句子，語意上是有一些雷同的喔。

① 　　　　乗客が　降りた。　　　　　自動詞
② 車掌が　乗客を　降ろした。　　　　他動詞
③ 車掌が　乗客を　降りさせた。　　　自動詞的使役

「降りる」與「降ろす」為自他對應的動詞。第①句，使用的是自動詞「降りる」，因此意思就是「乗客」自己下了車。但第②句，

使用他動詞「降ろす」，因此意思就是「車掌」將「乘客」給放下車。

　來了，有沒有發現？當我們使用「他動詞」的句型時，其語意跟使用「自動詞的使役形」，意思很接近呢？對的。第③句使用自動詞的使役形，意思就是「車掌」讓「乘客」下車。

　無論是②的「車掌將乘客放下車」，還是③的「車掌讓乘客下車」，不都是在講同一件事嗎？接下來，再來看看另一組自他對應的動詞「入る」與「入れる」。

④　　　　　子供が　お風呂に　入った。　　　自動詞
⑤ 母親が　子供を　お風呂に　入れた。　　他動詞
⑥ 母親が　子供を　お風呂に　入らせた。　自動詞的使役

　這一組，就可以比較明顯地看出「他動詞」句與「自動詞使役」句，語意不同的地方了。第⑤句使用他動詞時，語意比較偏向「這個小孩可能還小，還沒有辦法自己去洗澡，媽媽把他抓去洗」。但如果是例句⑥使用自動詞的使役，語意就比較偏向是「小孩子有能力自己洗，媽媽叫他自己洗」的語境。這一點，我們也在上一個 Q51 當中，有提到他動詞的動作者就是主語「～が」，而使役句的動作者就是使役對象「～を」。

　此外，因為自動詞的使役，語意上一定要是做動作的人（小孩）「自己動」，因此，像是我們文章一開頭所舉的「本が　本棚に　並んでいる（並ぶ）」與「私が　本を　本棚に　並べる」這種使役的對象，並不是人，而是物（書）的時候（也就是使役對象為無情物的時候），就不能使用自動詞的使役「私が　本を　本棚に　並ばせる」來取代他動詞句，因為這樣聽幾來像是「叫書本自己去排排站」。

⑦　　　本が　　本棚に　　並ぶ／並んでいる。　　自動詞
⑧　私が　本を　　本棚に　　並べる。　　　　　　他動詞
⑨　私が　本を　　本棚に　　並ばせる。（？）　　自動詞的使役

但有一個情況例外，就是如果本身這個動詞，它就只有自動詞，
而沒有其對應的他動詞，那麼即便使役的對象是「物」，我們仍然
可以用「自動詞的使役句」來取代「他動詞」。因為它就是沒有他
動詞，所以不得已，就只好使用自動詞的使役。例如我們在 Q51
所提到的例句：「私は　冷凍庫で　水を　凍らせた（用冷凍庫來
把水結凍）」。

⑩　　　水が　　凍る。　　　　自動詞
⑪　私が　水を　　×××。　　　他動詞（沒有對應的他動詞）
⑫　私が　水を　　凍らせる。　　自動詞的使役

順道補充一點。就有如上述，沒有對應他動詞的自動詞，可以使
用自動詞的使役形來取代他動詞；至於沒有對應自動詞的他動詞，
則是可以用他動詞的被動形來取代自動詞喔。

⑬　私が　本を　　読む。　　　　他動詞
⑭　　　本が　　×××。　　　自動詞（沒有對應的自動詞）
⑮　　　本が　　読まれる。　　　他動詞的被動

Q53 「なさる」的「ます形」是「なさります」還是「なさいます」？

あのこと、ご存知ですか。

いいえ、知りません。

・「特殊尊敬語動詞」的活用

　要將動詞改為敬語，主要有三種方式：第一種方式是使用 Q50 所介紹的尊敬助動詞「～（ら）れる」、第二種方式則是使用「お＋動詞<del>ます</del>＋になる」的表達形式、第三種則是直接將動詞換成「特殊尊敬語動詞」。

　所謂的特殊尊敬語動詞，指的就是「語彙本身就帶有尊敬的含義」，如：「いらっしゃる（行く、来る、いる）」、「召し上がる（食べる、飲む）」、「おっしゃる（言う）」、「ご覧になる（見る）」、「お休みになる（寝る）」、「なさる（する）」、「ご存知だ（知っている）」…等。

　上述這些「並不是將動詞改成的尊敬形」，而是另外一個全新的單字。也就是說，上述的「いらっしゃる」並不是「来る」這個動詞變化而來的，而是「いらっしゃる」這個字本身就帶有「來、去」的含義，且同時又有尊敬的含義在。這樣的動詞，就稱作「特殊尊敬語動詞」。

・李先生は　研究室に　<u>いらっしゃいます</u>（います）。
（李老師在研究室裡。）

・どうぞ、<u>召し上がって　ください</u>（食べて　ください）。
（請吃。）

・Ａ：あの　映画、もう　<u>ご覧に　なりましたか</u>（観ましたか）。
（Ａ：那部電影，你已經看了嗎？）
　Ｂ：いいえ、まだ　観て　いません。
（Ｂ：沒有，我還沒看。）

・Ａ：あの　こと、<u>ご存知ですか</u>（知って　いますか）。
（Ａ：你知道那件事情嗎？）
　Ｂ：いいえ、知りません。
（Ｂ：不，不知道。）

　　這些特殊尊敬語動詞中，「いらっしゃる、なさる、おっしゃる」這三個字是屬於特殊五段活用動詞。也就是說，當這些動詞要轉為「ます形」的時候，不是變成「いらっしゃ り ます」，而是要變成「いらっしゃ い ます」。但是其他的活用形，（像是「ない形」：いらっしゃ ら ない）就又恢復正常的五段動詞活用了。也因此，問題當中的「なさる」的「ます形」，應該改為「なさいます」。而「おっしゃる」則是要改為「おっしゃいます」才正確喔！

　　至於「～（ら）れる」與「～（ら）れます」、「いらっしゃる」與「いらっしゃいます」，有無「ます形」有什麼不一樣？本書進階篇的最後一篇 Q70，有詳細的介紹喔。

※ 關於這個 Q&A，可於本社出版的『穩紮穩打！新日本語能力試驗 N4 文法』一書中的第 99 項文法的辨析當中學到。

Q54 即將下雨，為什麼不能講「雨が降るところです」？

- 「食べる」與「食べるところです」的異同

- 「〜ところ」的文法限制

　　我們曾經在 Q15 時，介紹過所謂的「狀態性動詞」以及「動作性動詞」。

　　狀態性動詞，如：ある、いる、できる…等，它的現在式，就真的是指「現在」的狀態。但動作性動詞，如例句中介紹的：食べる、降りる、破れる、建つ…等，它的現在式，並不是講目前現在正在發生，而是在指「即將發生，但尚未發生」的「近未來」。

・ご飯を　食べます。

（不是「現在」正在吃飯，而是「等一下」要開始吃飯。）

　　相較於單純用來講述未來的動作性動詞現在式「これから食べます」，這題問題中的「これから食べるところです」，則主要是用來「回應對方的發話詢問」。用來告知對方目前「說話當下」所處的狀況、場面。

・Ａ：昼ご飯は　もう　食べましたか。

（Ａ：你中餐吃了嗎？）

B：いいえ、これから　食べるところです。
（B：還沒，我剛好等一下＜現在開始＞要吃。）

　　因此，若是說話者只是單純描述接下來即將發生的「自然現象」時，就沒有必要使用「〜るところです」的講述方式。

・まもなく　雨が　　（×降るところです／○降ります）。
（即將要下雨。自然現象）

　　此外，用來告知對方「說話當下」正處於某個動作的哪個時間點的用法，除了上述即將做的「〜るところです」以外，還有剛做完的「〜たところです」以及正在做的「〜ているところです」。這三者除了都無法使用於自然現象的描述外，像是單純描述「某物品的狀態」啦，又或是「無法特定出某個動作剛完成時點」的動作…等，也因為都不是用來回覆或告知對方目前動作所處的階段，因此都不會使用本問介紹的「〜ところです」。

・あっ、雨が　　（×降っているところです／○降っています）。
（啊，下雨了。自然現象）

・服が　　（×破れたところです／○破れました）。
（衣服破了。某物品的狀態）

・駅前に　新しいビルが
（×建ったところです／○建ちました）。
（車站前一棟新的大樓落成了。無法特定出完成時間點）

※ 關於這個 Q&A，可於本社出版的『穩紮穩打！新日本語能力試驗 N4 文法』一書中的第 117 項文法的辨析當中學到。

Q55 「〜ですから」跟「〜からです」有什麼不一樣？

- 「強調句」的改法

- 「強調句」與表「原因理由」從屬句的異同

　　「〜から」為接續助詞，以「A から、B」的型態，來表達前句 A 為後句 B 的原因・理由。

・今日は　妻の　誕生日ですから、早く　帰ります。

（因為今天是老婆的生日，所以我要早點回家。）

・電車の　事故が　ありましたから、彼は　会議に
遅れました。

（因為發生了電車事故，所以他會議遲到了。）

　　在講解本問兩者異同前，先來介紹所謂的「強調構句」。所謂的「強調構句」，指的就是「〜のは　〜です」形式的句子。說話者若想要強調句子中的某個部分，則只要將欲強調的部分，移至後方當述語，以「〜のは X です」的結構來表達，就可強調 X 的部分。

・陳_{チン}さんは　台湾南部_{たいわんなんぶ}の　小_{ちい}さな　町_{まち}で　生_うまれました。
・陳_{チン}さんが　生_うまれたのは台湾南部_{たいわんなんぶ}の　小_{ちい}さな　町_{まち}です。

　　強調構句的改法，就有如上例。原始句為「陳さんは　台湾南部の小さな町で　生まれました」。說話者若想要強調「台湾南部の小さな町で」這個部分，則只要將這部分的助詞「で」刪除後，移至「〜のはＸです」的Ｘ位置。接下來，再把原句剩下的其他成分，往前移至「のは」前方即可。此外，由於「の」為形式名詞，用於將動詞句名詞化，因此前移的部分必須比照形容詞子句的規定，使用常體，並將主語部分的助詞「は」改為「が」。

　　若你想強調的部分，是本問題當中所提到的原因理由「〜から」的部分，則亦可將整個「〜から」的部份後移至Ｘ的位置（「〜から」不可刪除），做成強調構句。

・<u>電車の事故がありましたから</u>、彼は会議に遅れました。
・彼が会議に遅れたのは電車の事故があったからです。

※ 翻譯依序為

原始句　：因為發生了電車事故，所以他會議遲到了。

強調構句：他之所以會議遲到了，是因為發生了電車事故。

　　也就是說，「〜ですから」就只是一般講述（前接名詞時的）原因・理由的句子，而「〜からです」則是強調構句中，強調原因・理由部分時的描述方式。兩者的差異，在於結構上的不同。

※ 關於這個 Q&A，可於本社出版的『穩紮穩打！新日本語能力試驗 N4 文法』一書中的第 125 項文法的辨析、以及『穩紮穩打！新日本語能力試驗 文法・讀解特別篇 ～長句構造解析 for N1、N2』一書當中學到。

Q56 為什麼不能講「このコーヒーは苦くて、砂糖を入れてください」？

- 「～て」的用法

- 「～て」的文法限制

- 「～から／～ので」與
  「～て」的異同

「Ａて、Ｂ」的用法很多。它除了可以表示①「附帶狀況」以外，亦可表示②「繼起（先後發生）」以及③「原因‧理由」…等。

① 窓を　開けて、寝ました。

（開著窗戶睡覺。「開窗」為「睡覺」動作的附帶狀況。）

② 新宿へ　行って、買い物を　しました。

（先去新宿，後買東西，兩者先後發生。）

③ この　コーヒーは　苦くて、飲めません。

（「咖啡很苦」為「無法下嚥」的原因‧理由。）

既然「Ａて、Ｂ」可以用來表達「原因‧理由」，那為什麼可以講「このコーヒーは苦くて、飲めません」，但卻不能講「このコーヒーは苦くて、砂糖を入れてください」呢？

其實，在「Ａて、Ｂ」表示「原因‧理由」的用法時，有一些文

法上的限制。其中一項就是：Ｂ句的句尾不可使用命令、請求、邀約、許可，或是說話者的意志表現（關於意志表現，請參考Q14）。

- （○）この　コーヒーは　苦^{にが}くて、飲^のめません。
  （這個咖啡很苦，無法下嚥。）

- （×）この　コーヒーは　苦^{にが}くて、砂糖^{さとう}を　入^いれます。
  　　　　　　　　　　　　　　　　　　　　　　入^いれましょう。
  　　　　　　　　　　　　　　　　　　　　　　入^いれてください。

　　可能動詞「飲める」屬於無意志表現，因此「このコーヒーは苦くて、飲めません」合乎這個文法的限制。但由於「入れます」、「入れましょう」或「入れてください」分別為意志、邀約以及請求表現，因此後句不可使用這樣的描述。

　　另外，可用來表示「原因・理由」的，除了這裡介紹的「Ａて、Ｂ」以外，「〜から」以及「〜ので」也可以用來表達原因・理由。而「〜から」以及「〜ので」並沒有「後句不能使用意志…等表現」這個文法限制，因此，若像上句這樣要使用命令、請求、邀約、許可，或是說話者的意志表現時，建議可以改為「〜から」或「〜ので」。

- （○）この　コーヒーは　苦^{にが}いから、砂糖^{さとう}を　入^いれます。
  　　　　　　　　　　　　　　　　　　　　　　　　　入^いれましょう。
  　　　　　　　　　　　　　　　　　　　　　　　　　入^いれてください。
  （因為這個咖啡很苦，所以我加糖／加糖吧／
  　請你幫我加糖。）

・（○）この　コーヒーは　苦_{にが}いので、砂糖_{さとう}を　入_いれます。

入_いれましょう。

入_いれてください。

（因為這個咖啡很苦，所以我加糖／加糖吧／

請你幫我加糖。）

※ 關於這個 Q&A，可於本社出版的『穩紮穩打！新日本語能力試驗 N4 文法』一書中的第 128 項文法的辨析當
中學到。

Q57 「～ないで」與「～なくて」有什麼不一樣？

- 「～ないで」的用法

- 「～なくて」的用法

「～ないで」有兩種用法：①為「附帶狀況」的否定。也就是上一個問題 Q56 當中，介紹到的「Ａて、Ｂ」的第①種用法的否定講法。其意思為「在不做Ａ的狀況之下，做Ｂ；做Ｂ時，沒有附帶著Ａ這個狀況」。②為「二選一／取而代之」。其意思為「不做Ａ，取而代之，（選擇）做了Ｂ」。

① 窓を　閉めないで、寝ました。
（不關窗睡了覺。）

② 電車に　乗らないで、歩いて　行きましょう。
（不搭電車，＜取而代之＞走去吧。）

而「～なくて」則主要用於「原因・理由」的否定。也就是上一個問題 Q56 當中，介紹到的「Ａて、Ｂ」的第③種用法的否定講法。它的前句除了可以是動詞以外，亦可使用形容詞或名詞。後句多則為表達說話者的感情、狀態、以及可能動詞的否定。

・1時間 待っても 彼が 来なくて、心配した。

（等了一小時他都沒來，我很擔心。）

・北海道は、夏でも そんなに 暑くなくて 快適です。

（北海道即便是夏天，也不會那麼熱，很舒服。）

・検査の結果、コロナでなくて 安心した。

（檢查的結果，並不是武漢肺炎，因此我放心了。）

　若要說「～ないで」與「～なくて」有什麼不一樣？那就是：「～ないで」的前面只能接續動詞，「～なくて」的前面除了可以接續動詞以外，亦可接續名詞、形容詞。

　此外，「～ないで」用於「附帶狀況的否定」以及「二選一／取而代之」的語境，而「～なくて」則是用於表「說話者目前感情、狀態的原因・理由」。也就是說，兩者能夠使用的語境是不一樣的。

　最後順道補充一點。若是表達「並列」或「對比」的語境時，則「～ないで」與「～なくて」兩者皆可使用。

・昨日は 雪が （○降らないで／○降らなくて）、
雨が降った。

（昨天不是下雪，而是下雨。）

※ 關於這個 Q&A，可於本社出版的『穩紮穩打！新日本語能力試驗 N4 文法』一書中的第 129 ～ 130 項文法的辨析當中學到。

Q58 「～ように」前面只能接無意志動詞嗎？

- 「～ために」與「～ように」
  的異同

- 從屬子句的「從屬度」

　　「～ために」與「～ように」都可用來表「目的」。兩者的不同點，在於「ために」前接意志動詞；「ように」前接非意志動詞（關於意志表現，請參考 Q14）。相信各位讀者在學習這兩個句型時，老師都是這樣教導的。

意志動詞＋ために

- <ruby>洗濯物<rt>せんたくもの</rt></ruby>を　<ruby>乾<rt>かわ</rt></ruby>かすために、<ruby>外<rt>そと</rt></ruby>に　<ruby>干<rt>ほ</rt></ruby>して　います。
（為了把衣物曬乾，我把它曬在外面。）

非意志動詞＋ように

- <ruby>洗濯物<rt>せんたくもの</rt></ruby>が　<ruby>早<rt>はや</rt></ruby>く　<ruby>乾<rt>かわ</rt></ruby>くように、<ruby>外<rt>そと</rt></ruby>に　<ruby>干<rt>ほ</rt></ruby>して　います。
（為了讓衣物早點乾，我把它曬在外面。）

　　「乾かす」為意志動詞，意思是「（動作主體）把某物弄乾」的意思；「乾く」為非意志動詞，意思是「某物乾掉」的意思，並非

動作主體意志性的動作。因此「乾かす」要使用「〜ために」，而「乾く」則必須使用「〜ように」。

・子供（こども）が　よく　勉強（べんきょう）するように、私（わたし）は　書斎（しょさい）のある　家（いえ）を買（か）いました。

（希望小孩可以好好讀書，所以我買了有書房的房子。）

疑？上面不是說「〜ように」前接無意志動詞嗎？為何「子供がよく勉強するように、私は　書斎のある家を買いました」這句話合文法呢？「勉強する」應該是意志性動詞啊？且聽我娓娓道來：

「Aために、B」與「Aように、B」，這種擁有前後A、B兩句合而為一的句子，就稱作是「複句」。A的部分為從屬子句、B的部分為主要子句。（關於「單句」與「複句」可參考Q65）

而雖然「Aために」與「Aように」都是從屬子句，但這兩個從屬子句的「層次」是不同的喔。「ために」所引導的從屬子句，其從屬度較高，因此其A、B句的動作主體必須為同一人。但「ように」所引導的從屬子句，其從屬度較低，因此其A、B句的動作主體可為不同人。所以當你使用「〜ために」的句型時，像下例這樣A、B句的動作主體不同人，就是不合文法的句子。

× 子供（こども）が勉強（べんきょう）するために、私（わたし）は書斎（しょさい）のある家（いえ）を買（か）いました。

○ 私（わたし）は勉強（べんきょう）するために、（私は）書斎（しょさい）のある家（いえ）を買（か）いました。

（我為了要讀書，所以我買了有書房的房子。）

但「〜ように」就可以是像下例這樣，A、B句的動作主體不同人。

○ 子供がよく勉強するように、私は書斎のある家を
買いました。

（希望小孩可以好好讀書，所以我買了有書房的房子。）

　　此外，當「～ように」為 A、B 句的動作主體不同人的情況時，
由於 A 句的動作主體為別人（這裡是小孩），因此即便「勉強する」
是意志性動詞，也不是「我」的意志性動作，因此可將「勉強する」
放在「～ように」的前方。

※ 關於這個 Q&A，可於本社出版的『穩紮穩打！新日本語能力試驗 N4 文法』一書中的第 132 項文法的辨析、
以及『穩紮穩打！新日本語能力試驗 文法・讀解特別篇 ～長句構造解析 for N1、N2』一書當中學到。

Q59 什麼？「これを食べれば、死にますよ」這句話怪怪的？

・「〜ば」的文法限制

　為什麼可以講「この薬を飲めば、病気が治ります」，但卻不會講「これを食べれば、死にますよ」呢？

　這是因為「A ば、B」會隨著前接的品詞不同，而有不同的意思與文法限制。前接動詞肯定時，用來表達「為了要讓後述事項 B 成立／達成，前面的 A 動作是必要條件」。

・この本を　よく　読めば、試験に　受かりますよ。
（只要好好讀這本書，考試就會合格喔。）

・この薬を　飲めば、病気が　治ります。
（只要吃了這個要，病就會痊癒。）

　上述兩例，都是說話者希望 B 句可以成立／達成的。說話者因為想要「合格」，所以讀這本書。說話者想要「治癒疾病」，所以吃這個藥。也就是說，如果後句 B 句並不是說話者希望達到的結果，則不太適合使用「〜ば」。

・（？）これを　食(た)べれば、死(し)にますよ。

如上例，說話者想表達的，應該不是「希望死掉」，因此不會講「これを食べれば、死にますよ」。

如果說話者是想要給聽話者一個警告，警告他說「這東西有毒，吃了會死掉喔」，則建議使用「～と」或「たら」。

・（○）これを　食(た)べると／食(た)べたら、死(し)にますよ。

但如果前接的品詞不是動詞肯定，而是名詞、形容詞、狀態性動詞（ある、いる、できる…等）、或者動詞否定形「～なければ」，也就是「狀態性述語」（參考 Q19）時，則不會有上述這個「希望達到」的意涵存在，因此下列三個例句都可以使用「～ば」。

・（○）ここに　いれば　確実(かくじつ)に　死(し)にます。
　　　（你在這邊一定會死掉。）

・（○）人(ひと)は　食(た)べなければ　死(し)にます。
　　　（人不吃東西的話，會死掉。）

・（○）新型(しんがた)コロナウイルスに　感染(かんせん)して、運(うん)が　悪(わる)ければ
　　　死(し)にます。
　　　（感染武漢肺炎，運氣不好的話就會死掉。）

※ 關於這個 Q&A，可於本社出版的『穩紮穩打！新日本語能力試驗 N4 文法』一書中的第 135 項文法的辨析當中學到。

Q60 「那個人看起來很高」，為什麼不能講「あの人、背が高そうだ」？

- 樣態助動詞「〜そうだ」前接動詞與形容詞的用法

為什麼可以講「このケーキ、美味しそうだ」，但卻不會講「あの人、背が高そうだ」呢？

「〜そうだ」作為「樣態助動詞」使用時，用於表達「可以從外觀上推測、判斷出的性質」。依照前接的品詞不同，會有不同的意思。

前方若是「動詞」時，用來表達說話者「看到事物時，自己判斷某事即將要發生」，也就是有事情即將要發生的徵兆。

・あっ、荷物が　落ちそうです。
（阿，行李很像要掉下來了。）

・地震で、あのビルが　倒れそうだ。
（因為地震，那個大樓很像快要倒塌了。）

但前方若是「形容詞」時，則表說話者「看到某人或者某物時，

那事物給說話者感受到的直接印象」，也就是說話者根據自己親眼
看到的印象所做出的推測。

・忙しそうですね、手伝いましょうか。
（你很忙的樣子耶。我來幫你忙吧。）

・このケーキ　美味しそうだ。
（這個蛋糕，看起來好好吃喔。）

　　上面的例句，是說話者看到後，心裡所浮現出來的感受。那個人
「只是看起來很忙，並不見得就真的很忙」。忙，只是說話者根據
自己看到的第一印象所推測出來的推論而已。蛋糕只是「看起來」
很好吃，並不見得真的很美味。

　　也因為「～そうだ」前接形容詞時，其功能在於推測，因此不能
用於「可愛い」或「背が高い」這種很明顯已經是一目瞭然的事情。

・あの子は　　（×可愛いそうです／○可愛いです）。
（那孩子很可愛。）

・彼は　　（×背が高そうです／○背が高いです）。
（他身高很高。）

　　此外「～そうだ」亦有「傳聞助動詞」的用法，其接續方式以及
用法與本題介紹的「樣態助動詞」截然不同，請留意別將兩者搞混。

※ 關於這個 Q&A，可於本社出版的『穩紮穩打！新日本語能力試驗 N4 文法』一書中的第 142 項文法的辨析當中學到。

進階篇

Q61 「は」與「が」有什麼不一樣？（一）

- 「は」與「が」的基本相異點

　　日語學習者最常問的問題之一，就是「老師啊，は跟が要怎麼分啊」？提問很簡單，但要回答這個問題可就困難了。老師講解時，除了要考量學生目前的程度以外，還得看學生提問的情況與使用的語境，才有辦法給予回答。

　　而這個問題，我們也曾在 Q07 時，針對表主體時，應該使用「は」還是使用「が」稍微討論過。當初本書給的答案是：句子結尾（述語）若為「名詞」、「形容詞」、或是「動詞的第一、二人稱」時，動作主體會使用「は」來表示。若句子結尾如果是「動詞、第三人稱」時，則原則上使用「が」。上述這個回答只是個大方向，但仍然有些特殊語境以及例外的時候。

　　此外，「は」與「が」若依照不同的觀點，還分別代表著不同的文法功能。例如：若從談話的觀點來說明，則「は為舊情報，而が為新情報」。若是以助詞種類的觀點來說明，則「は為副助詞、が為格助詞」。若是以句型「～は　～が」的句法結構來說明，則「は為大主語、が為小主語」。若是以有題文，無題文等句子性質的觀

點來說明，則「は為主題，が為現象文」…等。

　　「は」跟「が」有時可以替換（替換了語境不同），有時又不能替換，其複雜程度可以說是日語學習者永遠的課題。因此要了解「は」與「が」的不同，可能不是短短一句話就能解決的。最後這幾篇，就讓我們以連載的方式，來跟各位分享「は」與「が」的不同。

　　先來說明一下用語。一般來說，「は」有兩種用法：「主題」與「對比」，而「が」在表主體時也有兩種用法：「中立敘述」與「排他（總記）」。（關於「が」表對象的用法，Q61～Q65 不談，詳見 Q66。）

　　所謂的「主題」，指的就是「針對一個名詞進行說明、敘述」。這個概念不等同於「主語（或動作主體）」。例如：「我喜歡聽音樂」這句話，談論的主題是「我」，聽音樂的主語（或動作主體）也是「我」。因此在這個中文例句中，主語（或動作主體）與主題是同一人。但如果是「音樂我天天都聽」這句話，談論的主題則是「音樂」，但主語（或動作主體）並非音樂，而是「我」。因此在這一句話當中，主題為「音樂」，主語（或動作主體）則是「我」。

　　日文的「は」就是屬於提示「主題」的概念，而非表示「主語（或動作主體）」的概念。

　　所謂的「對比」，則是用來表示「拿前述提到的名詞來與其他事物比較」。至於「中立敘述」則是用於「說話者針對自己看到的某一事件或現象，直接針對其做描述」。最後，「排他（總記）」則是指「說話者強調其他的不是，這個才是」。

接下來，就讓我們來造句，然後再從例句來觀察一下「は」跟「が」異同。

・イルカは（　①　）
・イルカが（　②　）

請各位同學試試看完成句子。後面空格①與②的部分，各位會怎麼填呢。各造個五句試試好了。造完之後，再繼續往下看喔。

造完了嗎？接下來就讓我們來看看日本人造的例句。下列的例句，是由幾位日語母語者所造出來的句子（※ 註：引用自『NAFL 日本語教師養成プログラム 10　日本語の文法—基礎』山内博之 P51~52）。

①イルカは　哺乳類だ。　　　　　　　　　　（名詞）
　イルカは　可愛い。　　　　　　　　　　　（形容詞）
　イルカは　頭がいい。　　　　　　　　　　（形容詞）
　イルカは　超音波を発する。　　　　　　　（動詞）
　イルカは　海の豚と書く。　　　　　　　　（動詞）
　イルカは　水族館にいる。　　　　　　　　（動詞）
　イルカは　日本の海でも見ることができる。　（動詞）

②イルカが　ジャンプした。　　　　　　　　（動詞）
　イルカが　群れを作った。　　　　　　　　（動詞）
　イルカが　泳いでいる。　　　　　　　　　（動詞）
　イルカが　寄ってきた。　　　　　　　　　（動詞）
　イルカが　観客を背中に乗せた。　　　　　（動詞）
　イルカが　捕まった。　　　　　　　　　　（動詞）
　イルカが　子供を産んだ。　　　　　　　　（動詞）

※ 翻譯依序為

①海豚是哺乳類。

　海豚很可愛。

　海豚腦袋很聰明。

　海豚會發出超音波。

　海豚寫作海之豚（豬）。

　海豚在水族館。

　海豚在日本的海域也可以看得到。

②海豚跳起來了。

　海豚成群聚集。

　海豚正在游泳。

　海豚靠了過來。

　海豚讓觀眾坐在背上。

　海豚被抓住了。

　海豚生了小孩。

　觀察了上述日本人造的例子，我們可以觀察出，當他們造句時，使用「は」時，後面的述語（句尾）有可能是名詞、形容詞，也有可能是動詞。而使用「が」時，後面的述語就只會有動詞。當然，這並不是說「が」的後面不能有名詞或形容詞，上述的例句就只是「日本人在一般的直覺造句下（並非特殊語境時）」，會有這樣的現象。

　也就是說，「は」跟「が」其中的一個規則，就是「（原則上）述語為形容詞或名詞時，會使用「は」。若述語為動詞時，則「は」、「が」兩者都有可能」。這就跟我們在 Q5 時的說明不謀而合。

　接下來，我們就集中看一下上面的例子，使用到動詞的。第①組使用「イルカは」的，跟第②組使用「イルカが」的，有什麼不同呢？

　第①組使用「イルカは」的，都是指「恆常性的事情」，而第②

組使用「イルカが」的,都是「一次性的,或是目前的狀態」。因此我們也可以再推敲出:「若述語為動詞時,且為恆常性的事情,就會使用は」。

🏷 本問統整：

　　・述語為名詞 or 形容詞　　　　　　　→ は
　　・述語為動詞，且恆常性　　　　　　　→ は
　　・述語為動詞，為一次性或目前狀態　　→ が

　　疑？老師，那麼按照這個規則，就是指「述語是名詞 or 形容詞」的時候，就不能使用「が」嗎？不是喔。所以我上面的說明，才寫（原則上）。

　　有「原則」就會有「例外」。原則上，如果要表達「我是學生」，日文就是「私は学生です」。那我們可不可以講成「私が学生です」呢？同樣地，「海豚很可愛」，日文是「イルカは可愛い」。那我們可不可以講成「イルカが可愛い」呢？當然可以！至於兩者有什麼不同，同學們可以思考一下。這個問題，我們就留到下一篇吧。

Q62 「は」與「が」有什麼不一樣？（二）

· 表主題的「は」與表排他、
  中立敘述的「が」

· 「舊情報」與「新情報」

　　上一問的結末，我們拋下了一個課題。原則上，要講海豚很可愛，日文是「イルカは可愛い」。那我們可不可以講成「イルカが可愛い」呢？就讓我們繼續來思考上一篇文章最後的問題吧。

· イルカは　可愛い。（「は」→主題）
· イルカが　可愛い。（「が」→中立敘述？排他？）

　　由於「可愛い」是形容詞，因此在沒有特殊的語境之下，應該使用「イルカは可愛い」。這句話的意思是：針對「イルカ（海豚）」這種動物，來敘述牠的性質、狀態，因此這裡的「は」，就解釋為「主題」的「は」。

　　接下來，我們再來看三個例子：

① イルカが　一番　可愛い。　　　　　　　　　　　排他
（海豚最可愛。）

226

② ペンギンより　イルカのほうが　可愛い。　　　　　排他

（比起企鵝，海豚比較可愛。）

③ Ａ：この水族館の中では　何が　可愛い？

（Ａ：這個水族館當中，什麼動物可愛？）

　Ｂ：イルカが　可愛い！　　　　　　　　　　排他

（Ｂ：海豚可愛。）

　　這三句一樣是形容詞述語句，照理說也是應該要使用「は」。但各位同學不覺得，這三句反而用「は」會讓人感到不自然嗎？反倒是用「が」比較好嗎？

　　什麼時候會使用第①句？就是有人問說：「（世の中の動物で）何が一番可愛い？」的時候，你就會回答「不是其他的，而是…」。最可愛的不是其他的，而是海豚。排除掉了其他的動物（→排他）。什麼時候會用第②句？就是有人問說：「ペンギンとイルカとどちらが可愛い？」時的回答。第③句則是以疑問詞詢問時，所給予的回答。

　　例句①〜③，說話者想要表達的，並不是針對主題的敘述，而是要表達「比起企鵝（等其他的動物），海豚比較可愛。」「在這水族館裡面，最可愛的是海豚（其他沒這麼可愛）。」所以這三句的「が」，就是「排他」的用法。接下來再看一句：

④ あっ、イルカが　可愛い！見て、見て！　　　中立敘述

（啊，海豚好可愛喔！你看！你看！）

　　第④句並不像前三句，隱約中是用來針對問句的回答的，意思上也不是排除它者的含義，而是說話者「在沒有任何心理準備時，猛

然一看，看到海豚時，不自覺地發出驚嘆，不經任何說話者的判斷與想法，直接敘述出說話者看到的東西」。像這樣的情況，我們就解釋為「中立敘述」。其他，像是看到窗外在下雨，就直接針對這樣的現象描述說：「あっ、雨が　降っている」的情況，也是屬於「中立敘述」。「中立敘述」並不包含說話者的判斷跟想法，但表達主題的「イルカは可愛い」，則是「我現在要針對海豚做敘述喔」，這就包含了說話者的判斷跟想法了。

⑤ イルカは　哺乳類だ。　　　　　　　　　　　主題
⑥ イルカが　哺乳類だ。　　　　　　　　　　　排他

　　上面兩例句為名詞述語句。就我們 Q61 所整理出來的結論，應該要使用⑤才是正確的。例句⑥的語境，就跟上面的例句③一樣，會有問句。多半會出現在國小老師問學生說：「在這幾種動物裡面，哪一種是哪一種是哺乳類呢」（どれが哺乳類？）時，學生回答：「イルカが哺乳類だ」（排他）。

⑦ あっ、イルカが　哺乳類だ！　　　　　　中立敘述

　　而例句⑦，則跟例句④的用法是一樣的，並不是排他。語境可能是有一個人，他根本不知道海豚是哺乳類，然後上網查了之後才發現，「啊！原來海豚是哺乳類啊！」時，的中立敘述。

🏷 本問統整：

　　「排他」的用法，多半都會是對於疑問詞疑問句的回答，就像①
～③一樣，隱藏著一個問句。也就是說，排他的用法，述語部分都
會是問句就已經出現的舊情報，而が的前面會是新情報。

　　A：どの料理_{りょうり}が　美味_{おい}しかったですか。
　（A：哪個料理好吃呢？）
　　B：ステーキが（新情報）　美味_{おい}しかったです（舊情報＜問句已出現＞）。
　（B：牛排好吃。）

　　「中立敘述」的用法，則是看到一個現象直接針對做敘述，因此
無論是述語還是が的前面，兩者都會是新情報。

・あっ、雨_{あめ}が（新情報）　降_ふっている（新情報）。
　（啊，下雨了。）

・あっ、イルカが（新情報）　哺乳類_{ほにゅうるい}だ／可愛_{かわい}い（新情報）。
　（啊，海豚是哺乳類啊／海豚好可愛啊！）

　　回到一開始的問題「イルカが可愛い」。如果這樣的一句話，沒
有伴隨著問句一同出現，而是只有「イルカが可愛い」、「イルカ
が哺乳類だ」這樣，就很難判別它究竟是屬於「排他」還是「中立
敘述」。因為它沒有加上「あっ」來表達這是你猛然一看的「中立
敘述」，也沒有問句來表達「排除他者」，因此在沒有上述語境下
的「イルカが可愛い」、「イルカが哺乳類だ」這樣的發話，就會
顯得不自然。

Q63 「は」與「が」有什麼不一樣？（三）

- ・副助詞「は」與格助詞「が」

- ・「は」的勢力範圍

- ・「已知」與「未知」

- ・「主題化」

　　在繼續談論「は」的其他功能前，我們先來了解一下「は」與「が」，其本質上的不同。記得我們在 Q61 時，曾經說過：如果以助詞種類的觀點來看的話，「は」為「副助詞」、「が」為「格助詞」。也就是說，「は」跟「が」在文法的地位上，兩者並不是對等的，而是截然不同的。「は」比「が」還要大，還要高一個位階。

　① 子供（こども）が 友達（ともだち）と この犬（いぬ）を 棒（ぼう）で 殴（なぐ）った。
　② あの子供（こども）は 友達（ともだち）と この犬（いぬ）を 棒（ぼう）で 殴（なぐ）った。

　　所謂的「格」助詞，指的就是它與後面動詞的關係。因此第①句的每個格成分「～が」、「～と」、「～を」、「～で」（本系列叢書將這些稱作「補語」或「車廂」），都分別與後面的動詞「殴った」做呼應。也就是第①句，其實是下列的關係：

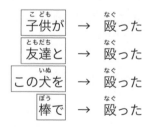

子供（こども）が → 殴（なぐ）った
友達（ともだち）と → 殴（なぐ）った
この犬（いぬ）を → 殴（なぐ）った
棒（ぼう）で → 殴（なぐ）った

每個 ▭ 裡面的格成分（補語／車廂），分別只是在說明這個成分相對於動詞，是怎樣的關係而已。「子供が」說明了其為動詞「殴った」的動作者；「友達と」說明了其為動詞「殴った」的共同動作者；「この犬を」說明了其為動詞「殴った」的動作接受者；「棒で」說明了其為動詞「殴った」的動作時使用道具。

　　「が」之所以稱之為「格」助詞，是因為它只掌管到當句的動詞部分而已。但「は」，則不只是「格」，它超越了「格」，它的影響力、勢力範圍甚至掌管了整個段落、甚至整篇文章。也就是說，第②個例句，其實是下列的關係：

　　「あの子供は」：「友達と　この犬を　棒で　殴った」
　　　（主題）　　　　（針對主題的描述、敘述）

　　光看這樣，同學可能還不足以了解「は」的偉大，就讓我們舉一整個文章的段落好了，請看例句③。

　　③「吾輩は猫である。名前はまだ無い。どこで生れたかとんと見当がつかぬ。何でも薄暗いじめじめした所でニャーニャー鳴いていた事だけは記憶している。」（※ 註：引用自青空文庫、夏目漱石 https://www.aozora.gr.jp/cards/000148/files/789_14547.html）

　　上面這段文章，是文豪夏目漱石的「我是貓」。這個段落至少有四句話。一開始第一句話就是「吾輩は」（私は的意思）。也就是說，這整個段落的「主題」是「吾輩（我）」。整個段落都是在針對「吾輩（我）」來做敘述的。

　　第二句話的「名前はまだない」，是指誰還沒有名字？當然是指「吾輩（我）」還沒有名字，僅管這個句子沒有提到主題，但我們

仍然可以知道這句話其實就是「吾輩は、名前はまだない」。（※註：「名前は」的「は」表對比，詳見 Q64。）

　　第三句話的「どこで生れたかとんと見当が付かぬ」，不知道在哪裡出生的是指誰？當然是指「吾輩（我）」不知道在哪裡出生。第四句話，是誰記得在黑暗處喵喵叫？當然還是指「吾輩（我）」。

　　就像這樣，儘管第一句話「吾輩は猫である。」就已經打上了句號，但「は」的影響力還是持續存在到第四句話。「は」的勢力範圍短則一句話，長則一整篇文章。因此我們可以說「は」的地位遠比「が」來得大。這也就是為什麼在有「主要子句」跟「從屬子句」的「複句」當中，從屬子句的主語使用「が」，而主要子句的主語使用「は」的緣故。

④・これは（田村さんが作った）ケーキです。

　　　これはケーキです。為主要子句
　　　田村さんが作った。為從屬子句，修飾名詞「ケーキ」

　　再補充一點：「主題」一定要是明確的事物，因此不可以是未知的（⇒⑤），以及疑問詞（⇒⑥）。這也就是為什麼有一個文法規則是「疑問詞的後面只能用が，不能用は」的緣故。

⑤・（○）山田さんは　　　3時ごろに　来た。
　・（×）知らない人は　　3時ごろに　来た。
　・（○）知らない人が　　3時ごろに　来た。

⑥・（×）誰は　山田さんですか。
　・（○）誰が　山田さんですか。

「は」表示主題、「が」表示主語（主格）。「は」地位比較大，「が」地位比較小。而其實，我們是可以透過使用「は」，來將句子中的其中一個「格」（車廂／補語），「昇華」成「主題」的喔。這點，我們在 Q3 也稍微提過。

「昇華」的方式，就是將欲昇華的「格」（車廂／補語）移動到句首，再加上表主題的「は」即可。只不過如果是「が格」或「を格」，這兩個的格助詞「が」、「を」會被刪除。就讓我們來看一下「昇華」「を格」的步驟吧：

⑦（原句）私（わたし）が　　　その本（ほん）を　買（か）った。
　（移動）その本（ほん）を　　　私（わたし）が　買（か）った。
　（附加）その本（ほん）をは　　私（わたし）が　買（か）った。
　（刪除）その本（ほん）を~~は~~　私（わたし）が　買（か）った。

如果是要昇華「に格」，則不會有刪除的步驟。

⑧（原句）彼（かれ）が　　　その家（いえ）に　住（す）んでいた。
　（移動）その家（いえ）に　　　彼（かれ）が　住（す）んでいた。
　（附加）その家（いえ）には　　彼（かれ）が　住（す）んでいた。

而如果是要昇華「が格」，由於「が」本來就在句首，因此不會有移動的步驟。

⑨（原句）私（わたし）が　　　その本（ほん）を　買（か）った。
　（附加）私（わたし）がは　　その本（ほん）を　買（か）った。
　（刪除）私（わたし）が~~は~~　その本（ほん）を　買（か）った。

第⑦句的「その本は」，是主題，也是受格（目的語）。第⑧

句的「その家には」，是主題，也是場所格。第⑨句的「私は」是
主題，也是主格（動作主體）。因此我們可以了解到，「主題」與
「主格」（主體）是完全不同的兩個概念。

　　最後，「は」除了可以表達「主題」以外，它還有另一個功能：
「對比」。這個問題，就讓我們留到下一篇再討論吧。

Q64 「は」與「が」有什麼不一樣？（四）

・主題的「は」與對比的「は」

　　就如同 Q63 結尾所提到的：「は」有兩個用法，一個是主題、一個是對比。「主題」，就是我們這幾篇一直看到，用來表達針對前接名詞來做敘述的用法。而所謂的「對比」，指的就是暗藏「與其他的相比，這個是…」的含義在。接下來，這篇 Q64 會對上一篇 Q63 的結尾部份再進行更詳細的補充說明。先來看看兩句話吧：

> ★ ［私が　ステーキを　食べました］★
> ① 私は　ステーキを　食べました。
> ② ステーキは　私が　食べました。

　　我們姑且先把沒有用到任何副助詞「は」，只有用到格助詞的

★ ［〜が〜を食べた］★ 的句子，稱之為「基底文」。如果要敘述「我吃了牛排」，基底文就是「私が　ステーキを　食べました」。但實際上，基底文會隨著說話者講話的語境以及含義，會有所改變。不見得就會是以基底文的樣式，就這樣呈現出來。有時會經過一些變化，變成像是上面例句①或②這樣的方式來呈現出來。

日文中，當使用到第一人稱當主語，且述語為動詞時，在日本人的語言使用習慣上，會將第一、二人稱當主語的「～が」，移動至句首，並使用「は」來將其標示成主題。就有如我們上一個 Q63 例句⑨的操作方式一樣。

　第 ① 句這裡的「は」，就是主題的「は」。用來針對「我」這個主題，來描述一件事。這裡之所以不會使用基底文這樣的發話形式，不使用「が」，是因為第一人稱時，如果還使用「私が　ステーキを　食べました」的話，將會產生「中立敘述」或「排他」的語境出來。但所謂對「中立敘述」，指的是用於說話者看到一個現象時，不帶感情地針對那個現象做描述時，才會這樣用。因此，當用在第一人稱「自己」身上時，「中立敘述」的表現就顯得不合理。

　那…「私が　ステーキを　食べました」會不會有「排他」的語意呢？就有如我們在 Q62 當中提到：如果你是要用在針對「誰が　ステーキを　食べたの？」這個問句的回答時，那就可以使用「私が　ステーキを　食べました」來做排他。否則這裡還是得使用主題的「は」不能使用「が」。

　Q：誰が　ステーキを　食べたの？
　A：私が　ステーキを　食べました。

　至於第②句的句子，則是將原本的基底文「私が　ステーキを　食べました」的「ステーキを」的部分，移到前面當作「主題」。這樣的操作方法，就是上一篇 Q63 所提到的例句⑦。

　不過我上一篇沒提到的是，這樣的操作方式，如果你提前當主題的車廂部分，原本不是「が」的話，它就會產生「對比」的含義：

「（牛排跟其他的東西對比）其他的東西我沒吃，但是牛排是我吃的」。這就是我們所稱的「對比的は」。這裏再列出 Q63 結尾的三句話：

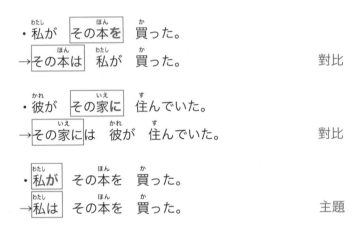

・私が　その本を　買った。
→その本は　私が　買った。　　　　　　　　　　對比

・彼が　その家に　住んでいた。
→その家には　彼が　住んでいた。　　　　　　　對比

・私が　その本を　買った。
→私は　その本を　買った。　　　　　　　　　　主題

　這三句話的前兩句，提前當主題的部分原本並不是表示動作主體的「が」，而是「を」與「に」。因此嚴格說起來，這三句話的操作，前兩句話會產生第三句所沒有的「對比」的含義。也就是說，移前後加上「は」拿來當主題的，若原本不是表動作主體的「が」，當它被移前後，依照發話的語境，它是有可能會被解釋為「對比」的。

　因此，當你想要描述一個女孩子今天很漂亮時，若將表時間的「今日」，提前當主題，講：「今日は　きれいですね」的時候，女孩會帶諷刺地說：「あら、今日だけですか」（只有今天啊！）。這就是因為將非動作主體部分提前當主題時，會附帶的「對比」含義。因此這句話若想避開對比的含義，僅需講「きれいですね」即可（不使用任何助詞，甚至直接省去會醞釀出對比含義的時間副詞「今日」）。

　此外，即便「は」的部分，原本是表動作主體的「が」，有時也

會為了避免其隱含的對比含義，而使用無助詞的形式。例如：「私、来月台湾へ帰ります」。如果你講「私がは、来月台湾へ帰ります」的話，有可能因為語境，而被誤會為對比的含義。例如如果你跟你老婆兩人一起來日本，當你講這一句話時，就有可能被日本人誤會為「要回去的是你，老婆可能留在日本」。至於不能使用「が」的原因，就跟我們前面吃牛排的例子所提到的情況是一樣的：第一人稱無法使用中立敘述，且此語境也不是回答句時，表排他的語境。因此像是這種情況時，既不會使用「は」，也不會使用「が」。

再來看一句基底文所衍伸出來的三種不同的句子：

★ [私が　そのことを　知らない] ★

③　私は　そのことを　知らない。

④　そのことは　私は　知らない。

⑤　私は　そのことは　知らない。

如果要敘述「我不知道那件事」時，會使用例句③。「私は」為主題。這就是最一般的用法。然而，若像是第④句這樣，將受詞的「そのことを」提前作主題改為「そのことは」，且「私」也維持使用「は」的話，這樣一個句子就會有兩個「は」。原則上，若一個句子有兩個「は」時，那第一個「は」就會是「主題的は」，第二個「は」、就會解釋為「對比的は」。因此這句話的意思就是「關於那件事，我是不知道拉（但別人可能知道）」。

④ そのことは（主題）　私は（対比）　知らない。

延續上述的規則：「第一個は是主題，第二個は是對比」。那麼第⑤句話就會解釋成「我不知道那件事，（但我知道其他的事）」。

⑤ 私は（主題）　そのことは（対比）　知らない。

接下來，我們來看一個第三人稱的動詞句：

★〔知美が　日本に　帰ってきました〕★
⑥ 妹の知美は　日本に　帰ってきました。

　例句⑥只有一個「は」。若依照上面的規則，同學們可能會將它
解釋為「主題的は」。但由於此為動詞句，又是第三人稱，因此照
理說應該使用基底文「知美が　日本に　帰ってきました」就好，
因為它可以表達中立敘述。像這種應該使用「が」、但卻使用「は」
的，前面又加上了「妹の」，其實就暗示了這個人還有姊姊的存在。
因此從文脈以及發話的狀態來看，也有可能可以解釋為「對比的
は」。

⑦ 私は　学校へ　行きます。

　這句話為第一人稱，結尾又是動詞。因此這句話的「は」很明顯
是「主題的は」。但如果說話時，把「私は」唸大聲一點，以強調
的口氣講出來，自然就會被聽話者解釋為「對比的は」了。

🏷️ 本問統整：

・句中只有一個は、且這個は原本是表動作或事件主體的が
　→「主題的は」。

・句中只有一個は、但這個は原本不是表動作或事件主體的が
　→會有對比的含義。

・句中有兩個は。
　→第一個「は」就是「主題的は」；第二個「は」就是「對比
　　的は」。

・文脈中以及發話狀態讓人感到有暗示對比對象的存在
　→「對比的は」。

・以強調的口氣唸「～は」的部分
　→「對比的は」。

Q65 「は」與「が」有什麼不一樣？（五）

・從屬子句中的「は」與「が」

・四種「從屬度」高低的從屬子句

　　關於「は」與「が」的用法，我們目前只提到了單句部分的規則，這一篇，就來看看「は」與「が」在複句中其從屬子句「は」與「が」的使用情況吧。

　　所謂的單句（Simple Sentence），指的就是僅有一個述語（句尾的動詞、形容詞或名詞）的句子。如：「私は　ご飯を　食べました」。而所謂的複句（Complex Sentence），指的則是擁有兩個以上的述語所組成的句子。如：「私は母が作ったご飯を食べました」（母が作った＋私はご飯を食べました）。複句的這兩句話，前者「母が作った」部分稱作「從屬子句」，後者「私はご飯を食べました」部分稱作「主要子句」。

　　記得本書在 Q58 時，也曾經提過：從屬子句會有對於主要子句從屬度的問題。具體而言，就是從屬度越高的子句，就是對主要子句的依賴程度越高。反之，從屬度越底的子句，就是對主要子句的依賴程度越底。而目前日語學界對於從屬子句的從屬度，分成四個等級，分別為：「從屬度高」、「從屬度中」、「從屬度低」以及

「從屬度極低」四種。從屬度越高，其本身的獨立性就越低。反之，從屬度越低，其本身的獨立性就越高。

　　重點來了！從屬度越低（獨立性越高）的從屬子句，越是可以使用主題的「は」。一般而言，「從屬度中」以上的句子，不能有自己的主題（也就是此從屬子句不能有「は」）。「從屬度低」以下的句子，就可以擁有自己的主題（也就是此從屬子句可以有「は」）。接下來，讓我們實際舉幾個例子來看看（※ 註：底線部分為從屬子句）。

　　「從屬度高」的從屬子句，由於其動作主體一定是與主要子句的動作主體同一人，因此從屬度高的從屬子句，並不會有使用「は」或「が」的問題。

・妹<ruby>は<rt>いもうと</rt></ruby>　（<del>妹が／は</del>）テレビを見<rt>み</rt>ながら、ご飯<rt>はん</rt>を食<rt>た</rt>べます。
（妹妹一邊看電視一邊吃飯。）

　　「從屬度中」的從屬子句，其動作主體不見得和主要子句是同一人，但由於它是中等程度的從屬子句，因此不能擁有自己的主題「は」。這些從屬子句，就只能使用「が」。例如：「～と」、「～なら」、「～ので」、「～でも」、「～のに」、「～ように」、「形容詞子句」…等。

・雨<rt>あめ</rt>（○が／×は）　降<rt>ふ</rt>ると、湿度<rt>しつど</rt>が　上<rt>あ</rt>がります。
（一下雨，濕度就會上升。）

・姉<rt>あね</rt>（○が／×は）足<rt>あし</rt>を骨折<rt>こっせつ</rt>したので、家族旅行<rt>かぞくりょこう</rt>は　中止<rt>ちゅうし</rt>になった。
（因為姊姊的腳骨折了，所以家庭旅行中止了。）

・私は　（○母が／×は）作ったご飯を　食べました。

（我吃了媽媽做的飯。）

　　至於「從屬度低」與「從屬度極低」的從屬子句，由於獨立性很強，因此在一定的條件之下，可以擁有自己的主題「は」。例如：「～から」、「～て」、「～と（引用節）」…等。

・私の父は日本人ですから、私は　日本語も　話せます。

（因為我爸爸是日本人，所以我也會日文。）

・田中さんは　「僕は絶対に行くよ」と　言った。

（田中先生說「我絕對會去」。）

　　關於從屬子句的從屬度問題，可參考 Q69，有更詳細的解說。

Q66 「犬が嫌いな猫」，到底是誰討厭誰？

- 主體的「が」與對象的「が」

- 形容詞子句（連用修飾節）之「内の関係」

　　前面談論了五篇「は」跟「が」，但我們針對「が」時，都只有提到它表「主體」時的用法。「が」表達主體時，有可能是中立敘述，也有可能是排他，相信同學們經過 Q61 ～ Q65 的洗禮，都已經很瞭解了。但其實，「が」並不是只能表達動作主體，它也能用來表達「對象」喔。

- 私は　あなたが　好きです。　　　　　　　喜歡的對象
　（我喜歡你。）

- 私は　コーヒーが　飲みたいです。　　　　想做的對象
　（我想喝咖啡。）

- 彼は　日本語が　できます。　　　　　　　能力的對象
　（我會日文。）

　　上述三個例句，就是分別表達喜歡的對象、想做的對象，以及能力的對象。順帶一提，「が」用來表達對象時，其後方的述語一定

246

是狀態性述語，如形容詞或者狀態性動詞（關於狀態性述語，請參考Q 19）。

而今天的問題「犬が嫌いな猫」，正好是用到形容詞「嫌い」。因此這裡的「が」，既有可能是表主體，也有可能是表對象。

這一句話，應該是「狗討厭貓（狗所討厭的貓）」呢？還是「貓討厭狗（討厭狗的貓）」呢？其關鍵就在於這個「が」到底是在表主體，還是在表對象。

其實，兩個答案都對。是狗討厭貓，也是貓討厭狗！會有這樣語意上的分歧產生，正是因為格助詞「が」，有兩種用法。「が」既可以拿來表示「主體（主語）」，又可以拿來表示感情的「對象」。

① あっ、 犬が 後ろ足だけで 歩いて いるよ！
（啊，狗正用著兩隻後腳走路耶！）

② TiN 先生は 犬が 大好きです。
（TiN 老師非常喜歡小狗。）

上述的例句 ① 當中的「犬が」為主體，是小狗在走路。但例句 ② 的主體（主語）是 TiN 老師。而「犬が」則是 TiN 老師「好き」這種感情的對象。

先繞路一下，複習一下句子的構造。不知道同學還記不記得，句子裡面的車廂／補語，是可以移至後面當作被修飾語的呢？（請參照 Q68 的「内の関係」）。請看下例：

・（原文）：私は　昨日　デパートで　本を　買いました。
（我昨天在百貨公司買了書。）

將「本を」移後當作被修飾名詞
→私が昨日デパートで買った本。
（我昨天在百貨公司買的書。）

將「私は」移後當作被修飾名詞
→昨日デパートで本を買った私。
（昨天在百貨公司買書的我。）

想起來了嗎？接下來，我們再回到「犬が嫌いな猫」這句。請看圖：

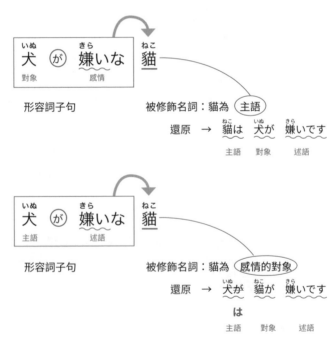

形容詞子句　　　　　　　被修飾名詞：貓為 主語
　　　　　　　　　　還原　→　猫は　犬が　嫌いです
　　　　　　　　　　　　　　　主語　對象　述語

形容詞子句　　　　　　　被修飾名詞：貓為 感情的對象
　　　　　　　　　　還原　→　犬が　猫が　嫌いです
　　　　　　　　　　　　　は
　　　　　　　　　　　主語　對象　述語

248

如果「犬が」是感情「嫌い」的「對象」，那被修飾的「貓」這個名詞，就很有可能是被移後當作是被修飾名詞的主語。那就解釋為「貓討厭狗」。

　　如果「犬が」是「主體（主語）」，那被修飾的「貓」這個名詞，就很有可能是「嫌い」感情的對象。也就是要解釋為「狗討厭貓」。由於形容詞子句中的主語，一定要以「が」表示，因此還原成原句時，要把表主語的「が」改回「は」。

　　也就是說，這個句子之所以會有兩種解釋，是因為述語部分剛好是表達感情的字眼，表達主體（主語）以及對象的名詞又剛好都是同性質的有情物，才會有這樣的歧義出現。如果今天是「お金が好きな TiN 先生」（愛錢的 TiN 老師），就不會產生這樣的雙重語意了。

　　若同學想要避免這樣的誤會，不妨可以直接講成「犬嫌いな貓（討厭狗的貓）」、「猫嫌いな犬（討厭貓的狗）」，或只接使用動詞「（その）犬は猫を嫌う」、「（その）猫は犬を嫌う」即可避免誤會。

Q67 「パリへ（行く／行った）時、かばんを（買う／買った）」，包包到底何時買？

- 「絕對時制」與「相對時制」
- 「相對時制」無法解釋的狀況

所謂的「時制（Tense）」，指的就是用來表示「陳述的事件」與「說話時間點」前後關係的一種文法範疇。在日語裡，使用動詞原形用來表示「非過去」；動詞た形來表示「過去」，這是最基本的觀念。但就有如我們在 Q65 所提及的，有些句子是由從屬子句與主要子句所構成的複句，當時制的問題牽扯到複句，就會變得些許複雜，會有所謂的「絕對時制」與「相對時制」的問題。

① 花子は　かばんを　買う。　（花子要買包包。）
② 花子は　かばんを　買った。（花子買了包包。）

首先，先來看看兩句沒有從屬子句的單句。上面①、②兩例前面並無「從屬子句」，只有「主要子句」。這時，「主要子句」所表達的時制，就是「絕對時制」。也就是說，以「說話時」的時間點為基準：若是使用動詞原形，則是表示買包的動作「未發生」，若是使用動詞た形，則是表示買包的動作「已發生」。因此①表示「說話時」，花子還沒買包包；②表示「說話時」，花子已經買

了包包。

接下來，我們再來看看四句使用到「～時」的從屬子句的複句。下面的③～⑥四個例句，是由前面的「從屬子句」與後面的「主要子句」所構成的複句，這時，就會有所謂「相對時制」的問題。

③ 花子は　パリへ　行く時、　　かばんを　買う。
④ 花子は　パリへ　行った時、　かばんを　買う。
⑤ 花子は　パリへ　行く時、　　かばんを　買った。
⑥ 花子は　パリへ　行った時、　かばんを　買った。

從屬子句　　　　　　　　　主要子句

例句畫底線部分為「從屬子句」，沒劃線部分為「主要子句」。「主要子句」的時制為「絕對時制」，因此③④在「說話時」，「去巴黎」及「買包包」兩個動作都還沒發生，而⑤⑥在「說話時」，「去巴黎」及「買包包」兩個動作都已經發生了。

相對地，使用到「～時」的「從屬子句」，其時制為「相對時制」，其從屬子句的時制並非以「說話時」為基準，而是以「主要子句」為基準。

從屬子句（去巴黎）若用「原形（非過去）」，則表示這個從屬子句的動作發生在主要子句之後；

從屬子句（去巴黎）若用「た形（過去）」，則表示這個從屬子句的動作發生在主要子句之前。

也就是說，③⑤兩句使用原形「行く」，因此「主要子句」買包

包的動作都會比「從屬子句」去巴黎的動作先發生。換句話說,買包包會是在去巴黎之前,也就是「包包在台灣買」的意思。而④⑥兩句使用た形「行った」,因此「主要子句」買包包的動作都會比「從屬子句」去巴黎的動作後發生。換句話說,買包包會是在去巴黎之後,也就是「包包在巴黎買」的意思。

※ ③〜⑥的翻譯及說明,統整如下:
③花子去巴黎前,要買包包。（包包在台灣買,整件事尚未發生）
④花子去巴黎後,要買包包。（包包在巴黎買,整件事尚未發生）
⑤花子去巴黎前,買了包包。（包包在台灣買,整件事已經發生）
⑥花子去巴黎後,買了包包。（包包在巴黎買,整件事已經發生）

③〜⑥以圖表示如下:

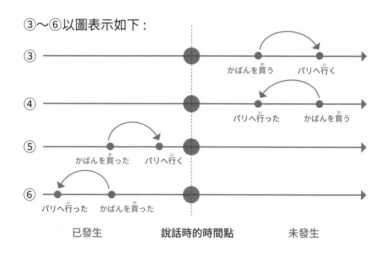

雖說使用到「〜時」的從屬子句會有相對時制的問題,但如果從屬子句是以「〜ている/ていた」來表示狀態時,則不會有「相對時制」的問題。

⑦ 花子は　パリへ　行っている時、かばんを　買った。
⑧ 花子は　パリへ　行っていた時、かばんを　買った。

⑦⑧兩句當中，無論使用「行っている」還是「行っていた」，都是表示「花子在巴黎的這段期間當中」，買了包包。

此外，若從屬子句不是像是上述例句所提到的「～時」、「～際」等用於表示時間關係的子句，而是使用一般名詞的話，那麼就會依照「語義」來判斷時間的先後。

⑨ チケットを　買う 人 は　そこに　並んだ。
⑩ チケットを　買った 人 は　そこに　並んだ。

⑨表示「買票前排隊」（想要購票的人在那裡排了隊＜等待買票＞），⑩表示「已買了票，買票後排隊」（買票之後的人在那裡排了隊＜等待入場＞）。

⑪ 図書館で　自殺した 人 は　タクシーで　そこへ　行った。

⑪若以「相對時制」來解釋的話，則為「自殺之後，才去了那裡」。但這是不可能發生的，一定是「先去圖書館之後，再自殺」。意思是「在圖書館裡自殺的人，是搭計程車去到圖書館的」，因此這裡就無法以「相對時制」來解釋。

Q68 形容詞子句，「という」要不要？

- 「内の関係」與「外の関係」

　　形容詞子句，又稱作名詞修飾句或連體修飾節。在修飾句與被修飾名詞的中間，有時候會需要「という」，有時候又不需要「という」。例如下面兩例：

① 田中さんが結婚する（○という）噂を聞きましたか。
（我聽到謠言說田中要結婚了。）

② 山本さんが言いふらしている（×という）噂を聞きましたか。
（你聽說了山本先生在那裡亂傳的謠言了嗎？）

　　這兩個例句，被修飾的名詞都是「噂（うわさ），謠傳」，但第 ① 句可以使用「という」，第 ② 句卻不能使用。所以很明顯地，問題可能不是出在「噂（うわさ）」這個名詞身上。

　　問題不是出在被修飾名詞：「噂（うわさ）」上，難道是出在形容詞子句上嗎？對的，問題就是出在前面的形容詞子句的構造。也就是說，其實「田中さんが結婚する」與「山本さんが言いふらし

ている」這兩句形容詞子句（名詞修飾句）的構造，是不一樣的喔。

　形容詞子句，依照其修飾句與被修飾名詞之間的關係，有兩種構造。一種叫做「内の関係」，另一種則叫做「外の関係」。

　所謂「内の関係」，指的就是這個<u>被修飾的名詞，其實原本是這個子句當中的一個「補語」</u>。也就是這個名詞，可以還原至子句內。如下：

　③私が食べた ケーキ 。　　→　　私が　 ケーキを 　食べた。

　「我吃了蛋糕」，日文就是「私が　ケーキを　食べた」。蛋糕，就是這個句子的目的語／受詞（～を）。我們可以把「ケーキを」這個表目的語的補語，其名詞部分「ケーキ」，拿出來當作被修飾的名詞，再把句子剩下的部分「私が　食べた」當作是形容詞子句，來修飾「ケーキ」，就會變成「私が食べた ケーキ 」了。這樣的修飾關係，就稱作「内の関係」。

　不只是目的語，就連主語、對象、場所…等，也都可以從句子當中，被抽拿出來當作被修飾的名詞。

　④（主語） 男 が　サンマを　焼く。　　→　　サンマを焼く 男
　⑤（對象）北海道で 人に 　会った。　→　　北海道で会った 人
　⑥（場所） 町 で　彼女と　出会った。　→　　彼女と出会った 町

　對，當初 Q66 所學習到的「犬が嫌いな 猫 」這個例句其實就是「内の関係」，因為「貓」可以還原回去作為「主體」或「對象」等補語。

另一種形容詞子句的構造：「外の関係」，指的就是這個被修飾的名詞，「並不是」這個子句當中的一個「補語」。也就是這個名詞，「無法」還原至子句內。例如：

⑦日本語を教える仕事。 → 仕事が（×） 日本語を 教える。
→ 仕事に（×） 日本語を 教える。
→ 仕事を（×） 日本語を 教える。

像是這樣，用來表達被修飾名詞的內容、原因或理由的形容詞子句，這個被修飾的名詞，由於本身就不是形容詞子句中的一個成分，因此無法還原回去。這樣的構造，就稱作為「外の関係」。

「サンマを焼く男」（烤秋刀魚的男人）與「サンマを焼く匂い」（烤秋刀魚的味道），雖然看似構造上很像，但其實兩者構造截然不同。前者為「内の関係」、後者為「外の関係」。

⑧サンマを焼く男 → 男が サンマを 焼く。
（内の関係）

⑨サンマを焼く匂い → 匂いが（×） サンマを 焼く。
（外の関係） 匂いに（×） サンマを 焼く。
匂いで（×） サンマを 焼く。

老師啊，不管是「内の関係」，或是「外の関係」，翻中文還不都一樣？那你教這個幹嘛拉！對。重點來了！回到這篇文章的問題。形容詞子句什麼時候可以用「という」，什麼時候不能用「という」？

答案就是：只有「外の関係」的時候，才可以使用「という」。「内の関係」的時候，不可以使用「という」。

① 田中さんが結婚する（○という）噂を聞きましたか。
（外の関係）

② 山本さんが言いふらしている（×という）噂を聞きましたか。
（内の関係）

回到最初的那兩句。第一句可以使用「という」，就是因為第一句的「噂」，並不是「田中さんが結婚する」當中的任何補語成分，只是在表達內容而已，因此屬於「外の関係」，所以可以使用「という」。

但第二句的「噂」，卻是「山本さんが言いふらしている」當中的「受詞補語」，不信你還原看看，就知道還原後，就是「山本さんが　噂を　言いふらしている」了。因此第二句屬於「内の関係」，當然就不可以使用「という」囉。

・田中さんが結婚する噂　→　噂が（×）田中さんが　結婚する。
　　　　　　　　　　　　　　噂を（×）田中さんが　結婚する。
　　　　　　　　　　　　　　噂に（×）田中さんが　結婚する。
　　　　　　　　　　　　　　噂で（×）田中さんが　結婚する。

・山本さんが言いふらしている噂　→　山本さんが　噂を　言いふらしている。

257

雖說「外の関係」，可以使用「という」，但這並不代表「一定要」使用。另外，如果被修飾名詞為「音、味、痛み」…等感覺或知覺的內容時，即便為「外の関係」，仍然習慣不使用「という」。例如：

・鐘を　突く（×という）音が　する。（聽到撞鐘的聲音）

鐘を　突く音 　→　音が（×）　鐘を　突く　　　外の関係

音を（×）　鐘を　突く

音に（×）　鐘を　突く

音で（×）　鐘を　突く

258

●

Q69 為什麼可以講「～だろうから」，但卻不能講「～だろうので」？

「～だろうから」

「～だろうので」

- 「單句」與「複句」

- 「主要子句」與「從屬子句」

- 各種「從屬度」例句與說明

　　我們在 Q65 時曾經提過：日文的句子可以依其構造，分為「單句」與「複句」。若像下例①這樣，沒有使用接續助詞等來連接前後兩句的句子，就稱為「單句」；若像下例②這樣，使用接續助詞，如「～から」等來連接前後兩句的句子，就稱為「複句」。複句裡，前句為「從屬子句」，後句為「主要子句」。

① 私は　洗濯を　した。
（我洗了衣服。）

② 今日は　晴れるだろう（○から／×ので）、洗濯　をした。
（我想今天應該會放晴，所以洗了衣服。）

　　然而，並非每個從屬子句對於主要子句的「從屬度」都是一樣的。從屬子句對於主要子句的依賴程度，就稱作「從屬度」。「從屬度」，會影響從屬子句的文法限制，或高或低。這個我們也曾在 Q58 與 Q65 當中稍微提及過。

舉例來說，表示原因與理由的接續助詞，最常被拿來比較的就是「から」與「ので」了。兩者的不同點，如例句②，「から」的前方可以有「だろう」，但「ので」的前方就不行。這就是因為「から」所引導的從屬子句，其從屬度比起「ので」所引導的從屬子句之從屬度要低的緣故，因此「から」可以前接「だろう」。（⇒ Q39）

　　關於從屬子句對於主要子句「從屬度」的高低，南不二男在其著作『現代日本語の構造（1974）』中，將其分為「A 類」、「B 類」、「C 類」。A 類的從屬度最高，C 類的從屬度最低。

　　從屬度越高，代表一個從屬子句作為句子的獨立性越小，越是依賴主要子句。因此，從屬子句本身可以擁有的文法成分很少。反之，從屬度越底，代表作為句子的獨立性越大，從屬子句本身可以擁有的文法成分就越多。（※ 註：目前學界又將引用節「〜と」，定義為「從屬度極低」的從屬子句，它比「C 類更具獨立性」。）

從屬度	從屬子句的分類	代表性的接續助詞	從屬子句可擁有的成分
高 ↑	A 類 從屬度高	〜ながら、〜つつ、 〜たまま、〜ために 〜て（附帶狀況）…	部分格助詞 被動或使役
	B 類 從屬度中	〜と、〜ば、〜たら、 〜なら、〜ても、 〜のに、〜ので、 〜ように、〜形容詞子句／ 連用修飾節、 〜て（繼起、理由）…	格助詞 被動或使役 主語、否定 ます（禮貌）、時間
	C 類 從屬度低	〜から、〜けれども、 〜が、〜し…	格助詞 被動或使役 主語、否定 ます（禮貌）、時間 主題、說話者的判斷
低 ↓	從屬度極低	引用節「〜と」	除了上述成分外， 亦可擁有終助詞。

下列例句，以底線標出從屬子句的部分。

從屬度最高的「A類」從屬子句，能夠擁有的文法成分很有限，包含部分的格助詞、被動或使役。它甚至不能擁有自己的主語，只能與主要子句共用主語。以「ながら」為例：

③ 母<ruby>はは<rt></rt></ruby>は　音楽<ruby>おんがく<rt></rt></ruby>を聴きながら、家事<ruby>かじ<rt></rt></ruby>を　します。（粗體為格助詞）
（媽媽一邊聽音樂，一邊做家事。）

總而言之，「A類」裡，從屬子句跟主要子句的主語，都必須是同一人。且從屬子句本身不能有「否定」、「ます（禮貌）」，甚至表達「時間」的成分。

從屬度中等的「B類」從屬子句，除了本身自己可以擁有A類所有的成分外，還可以有「否定」、「ます（禮貌）」、「時間」，甚至還可以擁有自己的「主語」。以「たら」為例：

④ お金<ruby>かね<rt></rt></ruby>が　**なかったら**、アメリカへ　行<ruby>い<rt></rt></ruby>けない。（粗體為否定）
（沒錢的話，就不去美國。）

⑤ 何<ruby>なに<rt></rt></ruby>か　あり**ました**ら、ご連絡<ruby>れんらく<rt></rt></ruby>　ください。（粗體ます為禮貌）
（有什麼事的話，再請聯絡我。）

⑥ あの飛行機<ruby>ひこうき<rt></rt></ruby>に　乗<ruby>の<rt></rt></ruby>っ**ていた**ら、今<ruby>いま<rt></rt></ruby>　生<ruby>い<rt></rt></ruby>きて　いない
　　でしょう。（粗體為時間）
（我如果搭上那班機，現在應該已經死了吧。）

⑦ 東京に　**友達が**　来たら、私は　このレストランに
案内する。（粗體為主語）

（朋友來東京的話，我要帶他去吃那間餐廳。）

　　例句 ④「たら」從屬子句可以擁有否定的表現；例句⑤亦可
以有「ます（禮貌）」；例句 ⑥ 還可以有表達時間（Tense,
Aspect）的「～ていた」；例句 ⑦ 甚至還可以擁有自己的主語「友
達が」。

　　從屬度最低的「C 類」從屬子句，除了可以擁有 A、B 兩類所有
的文法成分外，還可以有「主題」，甚至是說話者的「判斷」。以
「から」為例：

⑧ **デパートは**　午後　込むから、（私は）　午前中
行ってきた。（粗體為主題）

（百貨公司下午人會很多，所以我上午去了。）

⑨ 今日は　晴れる**だろう**から、私は　洗濯を　した。

（粗體為說話者的判斷）

（我想今天應該會放晴，所以洗了衣服。）

　　例句 ⑧「から」從屬子句，就以「デパートは」為主題來敘述
下午的情況；例句 ⑨ 則是加入了表說話者判斷的「だろう」。這
兩種成分就無法出現在 A 類以及 B 類的從屬子句中。

　　因此，回到例句 ②，我們就可以得知：「ので」由於是屬於從
屬度中等的「B 類」從屬子句，因此不可以擁有表說話者的判斷「だ
ろう」；而「から」則是屬於從屬度最低的「C 類」從屬子句，因
此可以擁有表說話者的判斷「だろう」。

Q70 「〜ます」與「お〜になる」哪個比較有禮貌？

「お〜になる」　「〜ます」

- 「素材敬語」與「對者敬語」

- 「尊敬語」、「謙讓語」、「丁重語」、「丁寧語」與「美化語」

　　所謂「敬語」，就是說話者依據與聽話者或是話題中人物的關係，使用具備敬意的表現方式。而日語裡的敬語，有「詞彙」及「文法」兩種形式，對於自己或己方的行為，採用「謙讓語」；對於他人的行為，採用「尊敬語」。

　　學習者常會問到①使用「ます形」來表達敬意或②使用「お〜になる」的形式來表達敬意，何者的敬意程度較高？其實這並非「敬意程度」高低的問題，而是「敬意對象」的問題。

① 山田先生は　もう　帰りましたか。

（山田老師回家了嗎？）

② 山田先生は　もう　お帰りになったか。

（山田老師回家了嗎？）

　　在說明兩個例句的差異之前，我們先複習一下日語裡的敬語種類。根據日本的文化審議會國語分科會的分類，將敬語分為「尊敬

語」、「謙讓語 I」、「謙讓語 II（丁重語）」、「丁寧語」、「美化語」五種。

種類	形式	用法
尊敬語	・〜れる、〜られる ・お／ご〜になる ・いらっしゃる、なさる、くださる…等尊敬語動詞。	用於描述聽話者或者第三者的行為、動作或狀態，藉以提高「動作者」的地位，表示對於「動作者」的敬意。
謙讓語 I	・お／ご〜する ・伺（うかが）う、差（さ）し上げる、いただく…等謙讓語動詞。	以貶低自己的方式，來描述「自己做給對方」的行為、動作或狀態，藉以提高「動作接受者」的地位，表示對於「動作接受者」的敬意。（句中需要動作接受的對象存在）
謙讓語 II（丁重語）	・弊／小／愚＋名詞 ・おる、参（まい）る、申（もう）す等。	以貶低自己的方式，來描述「自己」的行為、動作或狀態，藉以提高「聽話者」的地位，表示對於「聽話者」的敬意。（句中不需要動作接受的對象存在）
丁寧語	・〜です ・〜ます等。	以禮貌、慎重的說話態度，來描述「自己或他人」的行為、動作或狀態，表示對於「聽話者」的敬意。
美化語	お（ご）〜	附加在名詞前方，以展現出說話者優雅的氣質與品格。

「尊敬語」用於講述「他人」的動作，「謙讓語」用於講述「自己（我方）」的動作。而「謙讓語 I」與「謙讓語 II」的差別，就在於「謙讓語 I」需要有動作的「對象」（這裡指老師），但「謙讓語 II」就不需要有動作的「對象」。以下，③客人來訪，為客人

的動作。④ 去老師家、⑤ 在東京，為說話者的動作。

③ お客様が　いらっしゃいました。　　　　いらっしゃる：尊敬語

（客人來了。）

④ 先週、先生の　お宅に　伺いました。　　伺う：謙讓語Ｉ

（上個禮拜去拜訪了老師家。）

⑤ 先週、仕事で　東京に　おりました。　　おる：謙讓語Ⅱ

（上個禮拜因為工作，我在東京。）

此外，如果我們以「敬意對象（敬意到底是針對誰）」的觀點來看，用於表達對「句中提及人物」敬意的，稱為「素材敬語」；用於表達對「聽話者」敬意的，稱為「對者敬語」。

③的「いらっしゃる」為「尊敬語」，敬意對象為「句中提及人物」，屬於「素材敬語」。④的「伺う」為「謙讓語Ｉ」，敬意對象為「句中提及人物」，也是「素材敬語」。而⑤的「おる」為「謙讓語Ⅱ」，句中無動作接受者，敬意對象是「聽話者」，因此屬於「對者敬語」。

⑥ 先週、仕事で　東京に（〇参りました／×伺いました）。

（上個禮拜因為工作，我去了東京。）

又如⑥，由於沒有動作對象的存在，因此就不可以使用屬於「謙讓語Ｉ」（素材敬語）的「伺う」。而應該用屬於「謙讓語Ⅱ」（對者敬語）的「参る」。

同理，丁寧語「です、ます」的敬意對象也是「聽話者」，因此

也屬於「對者敬語」的一種。上述的敬語類型與素材敬語、對者敬語的關係如下表：

尊敬語	素材敬語
謙讓語 I	
謙讓語 II（丁重語）	對者敬語
丁寧語	
美化語	相當於敬語

回到最前面的①、②兩個例句。

① 山田先生は　もう　帰りましたか。
やま だ せんせい　　　　　かえ

② 山田先生は　もう　**お帰りになったか。**
やま だ せんせい　　　　　かえ

這兩句話，並非「敬意程度」的差異，而是「敬意對象」的差異。

① 使用丁寧語「ます」，是「對者敬語」，表示敬意的對象為「聽話者」。因此，這句話的語境，可能是學生詢學長，山田老師回去了沒。表示敬意的對象是聽話者，即學長，而不是山田老師。

② 使用謙讓語 I「お～になる」，是「素材敬語」，表示敬意的對象為「句中提及的人物」。同時，必須留意到該句的句尾使用常體，並沒有對於聽話者表現敬意。因此這句話的語境，可能是說話者為學生，聽話者則是另一名學生，因此不需要對於聽話者表示敬意，只需對句中提及的山田老師表示敬意。

然而，若想對於句中提及的山田老師以及聽話者雙方都表示敬意時，則可以將句尾改成敬語的丁寧語「ます」即可，如⑦所示。

⑦ 山田先生^{やま だ せんせい}は　もう　お帰^{かえ}りに　なりましたか。

這句話中，「お帰りになり」部分的敬意對象就是給「句中提及人物，老師」的。而「まし」部分的敬意對象就是給「聽話者」的。

最後，上表中的「美化語」，主要是說話者為了展現自己的優雅氣質、美化用字遣詞而已。嚴格說來，不屬於素材敬語或是對者敬語。日本的學界定義為「準敬語」，也就是相當於敬語的意思。

語學 - 01

你以為你懂，
但其實你不懂的日語文法 Q&A

編　　　　著	目白 JFL 教育研究会
代　　　　表	TiN
排 版 設 計	想閱文化有限公司
總 　編　 輯	田嶋 恵里花
發 　行　 人	陳郁屏
插　　　　圖	想閱文化有限公司
出 版 發 行	想閱文化有限公司
	屏東市 900 復興路 1 號 3 樓
	電話：(08)732 9090
	Email：cravingread@gmail.com
總 　經　 銷	大和書報圖書股份有限公司
	新北市 242 新莊區五工五路 2 號
	電話：(02)8990 2588
	傳真：(02)2299 7900
二　　　　刷	2022 年 05 月
定　　　　價	350 元
I　S　B　N	978-986-97784-7-3

國家圖書館出版品預行編目 (CIP) 資料

你以為你懂, 但其實你不懂的日語文法 Q & A = 知ってるつもり
が知らなかった日本語文法 / 目白 JFL 教育研究会編著 . -- 初版 .
-- 屏東市 : 想閱文化有限公司 , 2021.07
　面； 公分 . -- (語學 ; 1)
ISBN 978-986-97784-7-3(平裝)

1. 日語 2. 語法

803.16　　　　　　　110009117